해결사Q

1

해결사 Q

1 살인 모기의 습격

글 · 이상혁 | 그림 · 코끼리씨

프롬아이

등장인물

시야

창백해 보일 정도로 하얀 피부, 검고 긴 생머리에 양쪽 눈동자의 색깔이 다른 '오드 아이(Odd Eye)'가 신비롭게 느껴지는 소녀야. 공식 IQ가 무려 284인 열네 살 천재이기도 해. 하지만 실제로는 300을 가뿐히 넘을 거래. IQ 테스트 때 일부러 IQ가 낮게 나오도록 틀린 답을 썼다지 뭐야. IQ 284만으로도 이미 지구인 중 가장 높은데, IQ가 300을 넘는 게 알려지면 사람들이 보일 관심이 부담스럽다는 게 이유래.

시야의 오른쪽 눈은 인어의 눈물이라고 불리는 보석 아콰마린처럼 투명한 푸른빛이고, 왼쪽 눈은 숲의 향기가 풍겨오는 것 같은 맑은 갈색이야. 얼음공주처럼 냉랭한 인상, 나이에 비해 훨씬 어른스러운 시야를 처음 만난 이들은 모두 긴장하곤 해. 하지만 시야가 처음부터 얼음공주였던 건 아니야. 세계적인 과학자였던 시야의 엄마가 갑자기 사라지고, 엄마를 찾아오겠다며 아빠까지 시야 곁을 떠나 버리는 바람에 시야는 엄마가 쓰던 연구실에 혼자 틀어박히게 되었지. 시야가 마음을 털어놓을 수 있는 건 소꿉친구인 태오와 알프레도 아저씨뿐이야. 열네 살의 어린 나이에 이미 대학교도 졸업해 버린 시야는 '해결사 Q'라는 이름으로 어려운 의뢰를 받아 세계 곳곳을 누비고 있지. 어쩌면 그렇게 세계를 누비다가 엄마를 찾을 수 있을지도 모른다는 작은 기대를 품고서 말이야.

태오

시야의 소꿉친구야. 어릴 때 시야와 태오는 온갖 장난을 치고 다닌 동네 악동이었지. 둘 다 어찌나 개구쟁이였는지 주변에서 시야와 태오를 두고 '비글 형제'라고 부를 정도였어. 그때만 해도 시야가 태오보다 더 엉뚱하고 힘도 셌지. 하지만 지금 태오의 키는 시야보다 한 뼘쯤 더 커. 뿐만 아니야. 어떤 운동을 하든 다들 태오를 자기편으로 데려가고 싶어 할 만큼 태오는 힘도 세고 누구보다 빠르게 달릴 수 있어. 태오는 어릴 적 모

습 그대로 싱그러운 여름처럼 자랐지만, 시야는 겨울 아이처럼 완전히 반대로 변하고 말았지. 겨울처럼 차갑고 고요해진 시야 곁에서 태오는 지구 주위를 맴도는 달처럼 늘 보이지 않게 맴돌고 있어. 태오는 그렇게 시야를 바라보는 것만으로도 좋았으니까. 게다가 태오는 아무도 모르는 시야만의 비밀을 알아. 시야는 아무리 가까운 길도 헤매는 지독한 길치거든. 혼자서는 아무 데도 못 간다고 봐야 해. 시야는 세계 최고의 두뇌를 지녔지만, 세계 최고의 길치인 셈이야. 시야는 남들에게 완벽하게 보이고 싶어서 자신이 길치라는 걸 숨기고 있어. 부모님 대신 시야를 돌봐주는 알프레도 아저씨한테까지 비밀로 하거든. 하지만 왜인지 태오한테는 그런 모습을 보여도 괜찮은가 봐. 왜일까? 이유가 어찌 되었든 태오는 해결사 Q로 활약하는 시야의 완벽한 단짝이야. 태오는 늘 그렇게 시야의 그림자로 시야 곁에 있기만을 바랄 뿐이거든.

알프레도 아저씨

시야가 아기일 때부터 함께 살아온 시야 가문의 집사 아저씨야. 시야가 해결사 Q로 활동하기 위해 필요한 온갖 특수 장비들을 뚝딱 만들어 내는 최고의 엔지니어이기도 하고, 해결사 Q를 위한 정보 수집, 후방 지원까지 담당하는 만능 캐릭터지. 평소에는 연구실에만 틀어박혀 있는 시야를 대신해 집안 살림을 돌보고 있어. 어느 날 갑자기 사라진 시야의 엄마 아빠를 대신해 집안의 거의 모든 일들을 도맡고 있다고 해도 과언이 아니야. 시야 아빠와의 인연 때문에 집사가 되기를 자청했다고 하는데, 둘 사이에 무슨 일이 있었는지 시야는 잘 몰라. 아빠가 자세한 얘기는 해주지 않으셨거든. 사실 알프레도 아저씨는 집사가 되기 전 군인이었대. 세계 곳곳의 전쟁터를 누비며 돈을 받고 대신 싸워주는 일을 했다나 봐. 알프레도 아저씨는 머리가 희끗희끗하고 시야 아빠보다도 나이가 더 많지만, 오랫동안 전쟁을 경험한 탓인지 보통 사람은 상상도 할 수 없는 전투력을 지니고 있어. 하지만 지금은 자신의 힘을 숨긴 채 조용히 살고 있지. 왜냐하면 자신의 손에 다시는 피를 묻히지 않겠노라 맹세하고 시야 집안의 집사로 들어왔거든. 이제는 군인이 아니라 늙고 평범한 집사로 기억되는 게 마지막 바람이라고 해.

검은 양복의 남자(블랙맨)

시야가 해결사 Q로서 지금껏 경험해 보지 못한 가장 어렵고 힘든 문제를 해결해달라며 찾아온 사람이야. 이상 기온 현상으로 극지방의 얼음이 녹아내리며 생겨난 싱크홀을 조사하던 중 갑자기 나타난 살인 모기에게 많은 사람이 희생당했는데, 살인 모기를 이끌고 다니는 '모기왕'이라는 미지의 존재를 찾아달라는 거였지.

사실 해결사 Q를 찾아오기 전 이미 여러 해결사에게 의뢰했지만 모두 다 실패했기 때문에 마지막 희망으로 시야를 찾아온 거였어. 그런데 이 남자, 세계 최대의 보험사인 '에버그린'의 직원이라는데 뭔가 수상해. 보험은 예상 못 한 사고나 갑자기 아플 때를 대비하는 거잖아? 에버그린은 수십 대의 전투형 드론에다 화염 방사기 같은 무시무시한 무기를 보유하고 있어. 게다가 보험사 직원인데 하나같이 검은 양복에 검은 넥타이를 매고 있어서 회사원이 아니라 꼭 비밀 요원처럼 보여. 대체 검은 양복의 남자와 그가 속한 에버그린의 진짜 목적은 무엇일까?

모기왕

일 년 내내 냉장고보다 더 차갑던 극지방에 깊이가 1,500미터나 되는 거대 싱크홀이 생겼어. 지구의 온도가 높아지며 땅 밑 얼음이 녹아내린 탓인데, 그 바람에 수억 년 동안 꽁꽁 얼어있던 고대 바이러스까지 세상에 나오게 됐지. 그중에는 인간에게 기생하며 수컷 모기와 비슷한 행태를 보이는 기생 바이러스가 있었어. 검은 양복의 남자가 소속된 에버그린의 싱크홀 조사대가 기생 바이러스의 존재를 최초로 밝혀냈지. 하지만 조사대원과 그의 열 살 아들은 갑자기 등장한 살인 모기를 피하려다 싱크홀 아래로 추락하고 말았어. 수억 년을 얼음에 묻혀 다시 깨어날 기회만 노리던 기생 바이러스는 싱크홀에 추락한 열 살 아이의 몸에 들러붙었지. 기생 바이러스에 감염된 아이는 맨손으로 1,500미터의 암벽을 기어오르는가 하면 살인 모기떼를 이끌고 이웃 마을을 공격해 마을 주민 모

두를 몰살시키는 끔찍한 짓을 저질렀지. 아무런 죄책감도 없이 사람을 습격하며 이동하는 아이는 더 이상 인간이 아닌 존재가 되고 만 거야. 검은 양복의 남자는 그 아이를 모기들의 왕, '모기왕'이라고 불러. 검은 양복의 남자가 시야에게 의뢰한 일은 바로 이 모기왕을 찾아달라는 것이었지. 다른 해결사들 모두 살인 모기의 공격으로 희생되고 말았어. 시야는 살인 모기떼를 뚫고 모기왕을 찾아낼 수 있을까? 모기왕은 왜 살인 모기를 이용해 사람들을 공격하는 것일까? 게다가 모기왕은 왜인지 시야에게 집착하는 것만 같은데, 소름 끼치는 그 이유가 곧 밝혀진다고 해.

살인 모기

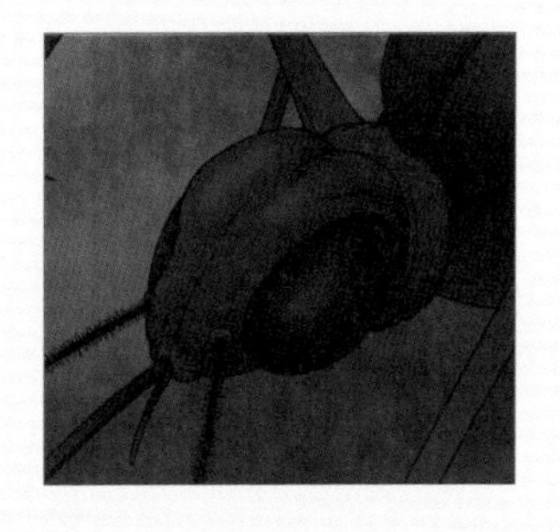

모기는 더운 날씨에 나타나서 날이 추워지면 사라지는 게 정상이야. 모기는 고여 있는 물에 알을 낳지. 그런데 지구가 더워지며 꽁꽁 얼어 있어야 할 극지방마저 녹아내리고 곳곳에 물웅덩이가 생기는 바람에 모기가 자랄 최적의 환경이 되고 말았어. 그전에는 갑자기 늘어난 모기가 소나 염소를 공격하는 정도였는데, 고대 바이러스와 함께 등장한 모기들은 사람을 새까맣게 뒤덮을 정도로 공격성이 강한 특이종으로 변하고 말았지. 게다가 피 한 방울 안 남을 때까지 물고 또 물어대며 피를 빨기 때문에 한 번 공격당하면 그 누구도 살아남을 수 없었어. 멀리서 보면 까만 구름이 빠르게 움직이는 것처럼 보였는데, 비구름이 아니라 살인 모기가 떼로 움직이는 죽음의 먹구름이 밀려오는 셈이었지. 살인 모기는 일반 모기와 다르게 모기왕의 지시에 따라 일사불란하게 움직였기에 모기왕이 지휘하는 군대나 마찬가지였어. 게다가 살인 모기는 잡아도 잡아도 끝이 없는 게 사람들에게서 피를 빨아먹은 만큼 수많은 알을 낳고, 모기 애벌레인 장구벌레는 번데기 과정을 거쳐 금세 새로운 살인 모기로 태어났거든. 그러니까 눈앞에 보이는 살인 모기를 처리했다고 해서 끝이 아니야. 이미 곳곳에 퍼져있는 물웅덩이에서 수천, 수만 마리의 살인 모기 번데기들이 자라고 있기 때문이지. 살인 모기를 통솔하는 모기왕을 붙잡지 않는 이상 죽음의 먹구름처럼 몰려다니는 살인 모기는 총이나 미사일, 군대로도 어쩔 수 없는 강력한 존재인 셈이야.

"난 지금 아픈 지구에 백신을 놓아주는
간호사 역할을 하겠다는 거야.
물론 지구에는 백신이고
인간에게는 치명적인 바이러스겠지만."

차례

살인 모기의 등장

"아빠! 지구에 구멍이 뚫렸어요!"

드넓은 초원 한가운데 운동장만 한 싱크홀이 입을 벌리고 있었어. 한낮의 햇빛마저 빨려 들어갈 정도로 깊고 캄캄해서 바닥이 보이지 않았지. 느닷없이 들판에 등장한 블랙홀 같았어.

"위험하니까 얼른 돌아가자."

운전대를 잡은 남자의 얼굴엔 공포가 번져 있었어. 반면 차창 너머로 빠끔 고개를 내밀고 싱크홀을 바라보는 아이는 아빠와 달리 천진난만한 표정이었지.

"그냥 돌아가도 돼요? 우리 벤 아저씨 찾으러 온 거 아니었어요?"

"아무래도 이상해. 무슨 일이 생긴 것 같아. 아까부터 전화도 받질 않고."

"어? 저기 누가 오고 있어요!"

아이가 가리킨 곳에 거무스름한 사람의 실루엣이 보였어. 그 뒤로 한참 떨어진 곳에는 하늘까지 닿을 정도의 회오리바람이 빠르게 이쪽을 향해 다가오고 있었지.

"맙소사! 저건 대체 뭐지?"

저 멀리서 흐느적거리며 다가오는 사람은 그림자처럼 까맣게 보였어. 하지만 빨간 모자만큼은 선명하게 보였지. 아침에 벤 아저씨가 쓰고 나간 모자가 분명해. 남자는 벤 아저씨로 보이는 검은 그림자를 향해 속도를 냈어. 회오리바람이 벤 아저씨에게 닿기 전에 벤 아저씨를 트럭에 태우고 여길 벗어날 생각이었지.

"아빠, 저 사람 털옷을 입고 있어요!"

아이가 운전석과 보조석 사이로 얼굴을 쑥 내밀며 말했어. 분명 벤 아저씨는 작업복을 입고 챙이 닳은 빨간 모자를 쓰고 나갔었어. 그런데 저 앞에서 다가오는 사람은 얼굴부터 발끝까지 진한 갈색의 털옷을 두른 것처럼 보였지. 본능이 어서 이 자리를 피하라고, 위험이 다가온다고 알리고 있었어. 털옷을 입은 사람은 온몸에 불이라도 붙은 듯 양팔을 계속 휘저으며 다가오고 있었지.

"헉! 저, 저건!"

남자는 너무 놀란 나머지 급브레이크를 밟았어. 벤 아저씨는 털옷을 입은 게 아니었어. 온몸에 달라붙은 수만 마리의 모기 때문에 마치 털옷을 입은 것처럼 보였던 거야. 벤 아저씨는 고개를 들어 하늘을 향해 마지막 숨을 내뿜었어. 입을 벌리자마자 수십 마리의 모기가 입을 통해 목구멍까지 들어갔지만, 벤 아저씨는 입을 다물지 못했지. 벤 아저씨는 트럭 보닛 위로 양손을 올린 채 쓰러지고 말았어. 그러자 털옷처럼 두껍게 감싸고 있던 수만 마리의 모기떼가 꿈틀대나 싶더니 하늘로 날아올랐지.

비로소 벤 아저씨의 모습이 드러났어. 모기떼에 물려 눈두덩이 퉁퉁 부어올라 눈도 못 뜰 지경이었고, 입술도 두 세배 부풀어 오른 상태였어. 양손 역시 터질 듯 부풀어 올라 둥그런 공처럼 보였지. 온몸의 피를 빨린 듯 피부는 핏기 하나 없이 창백했어.

"어, 어, 어…."

회오리바람이 코앞까지 다가왔어. 아니, 회오리바람인 줄 알았던 건 하늘까지 닿은 모기떼였어. 마치 귓가에서 드론을 날리기라도 하는 것처럼 모기떼의 윙윙거리는 소리가 창틈으로 비집고 들어왔어.

위잉 -

바닥 낮은 곳에서부터 모깃소리가 들려왔어. 모기가 차 안에까지 들어온 거야.

"창문! 빨리 창문 닫아!"

아이는 서둘러 차창을 닫았어. 남자와 아이는 귀를 곤두세웠지. 식은땀이 등줄기를 타고 흘러내렸어. 아주 잠깐, 죽음의 냄새가 진하게 묻은 침묵이 차 안에 가득 찼지.

짝-

남자는 자신의 볼을 힘껏 내리쳤어. 손바닥을 펴자 붉은 피와 함께 산산조각 난 모기가 보였어.

위잉- 위이이잉-

"모기다!"

남자는 너무 놀란 나머지 있는 힘껏 가속 페달을 밟고 말았어. 그 바람에 트럭은 모기의 회오리바람 한가운데로 들어가고 말았지. 모기떼 때문에 차창 밖은 밤이라도 된 것처럼 어두웠어. 모기들이 사정없이 차창을 두들겨댔고, 모기의 날갯짓 소리가 귀를 찢을 것만 같았어. 대체 어디를 통해 들어오는지 모기가 차 안으로 계속 들어오고 있었지.

"꽉 잡아!"

남자는 기어를 후진에 넣고 힘껏 페달을 밟았어. 트럭은 빠르게 후진하며 모기의 회오리바람을 벗어날 수 있었어. 그러나 수백 마리의 모기가 이미 차 안으로 들어온 뒤였어.

"으아악!"

남자는 얼굴에 달라붙는 모기를 쫓아내려고 안간힘을 썼어. 하지만 아무리 떨쳐내려 해도 소용이 없었지. 두세 마리가 떨어진다 싶으면 열 마리가 다시 달라붙었거든. 이미 남자의 얼굴과 손은 모기로 뒤덮여 점점 까매지고 있었어. 남자는 모기의 공격을 받는 와중에도 가속 페달에서 발을 떼지 않았어. 트럭은 빠른 속도로 뒤로 달려가고 있었지.

어느새 차가 허공으로 날아올랐어. 모기 때문에 방향을 제대로 확인하지 못한 채 싱크홀을 향해 내달렸던 거야. 날개라도 달린 것처럼 십여 미터쯤 날아간 트럭은 이내 바닥도 보이지 않는 저 아래로 추락했어. 빛과 소리, 세상 모든 걸 삼켜버린 블랙홀처럼 깊은 나락으로 떨어지고 만 거야.

"사고 영상은 여기까지입니다."

검은 양복에 검은 넥타이 차림의 남자가 침울한 표정으로 말을 꺼냈어. 시야는 남자를 빤히 쳐다봤어. 시야의 오른쪽 눈동자는 인어의 눈물이라고도 불리는 보석 아콰마린처럼 투명한 푸른빛이었고, 왼쪽은 숲의 향기가 풍겨오는 듯한 맑은 갈색이었어. 창백할 정도로 흰 피부 때문에 시야의 두 눈은 더 선명하게 빛났지.

시야와 눈이 마주친 순간 남자는 어쩔 줄 몰라 했어. 시야의 푸른 눈동자가 남자의 마음은 물론이거니와 미래까지 꿰뚫어 보는 것처럼 서늘한 느낌을 받았거든.

“오른쪽 파란 눈은 아빠, 왼쪽 갈색 눈은 엄마를 닮았어요.”

이런 반응이 처음이 아니라는 듯 시야는 어깨를 으쓱하며 시선을 돌렸어. 검은 양복의 남자는 굵은 기둥에 꽁꽁 묶여있다 풀려나기라도 한 것처럼 한숨을 폭 내쉬더니 말을 이었지.

“영상 속 차를 몰던 남자는 저희 직원입니다. ‘벤 아저씨’라 불린 첫 희생자는 싱크홀 조사 중이었고요.”

“설마 저에게 모기 퇴치를 의뢰하려고 오신 건 아니죠?”

시야는 커피를 내리며 심드렁하게 물었어.

“물론 아닙니다. 영상에 등장하는 아이 때문입니다.”

“아이요? 지구에 구멍이 뚫렸다며 천진난만하게 웃던?”

“네. 실종된 아이를 찾아달라는 게 저희의 의뢰입니다.”

“실종이라고요?”

시야는 갓 내린 커피를 남자에게 내밀었어. 기분 좋은 커피 향이 남자의 코를 간질였지. 긴장이 조금 풀린 남자는 고개를 끄덕여 감사를 표한 뒤 주저하는 표정으로 말을 이었어.

“보통 저런 상황이라면 실종이 아니라 시신을 못 찾은 거라 말하겠죠. 살인 모기떼의 습격을 받은 후에 깊이가 무려 1,500미터나 되는 싱크홀에 추락했으니까요.”

검은 양복의 남자는 화면에 지도를 띄웠어.

"보시다시피 싱크홀이 발생한 지점에서 반경 4킬로미터 이내에는 사람이 살지 않습니다. 사고 영상은 직원이 착용한 액션캠으로 촬영한 건데, 사고 발생 3주 후에 수거했죠."

"직원에게 사고가 발생해서 연락이 끊겼는데 왜 발견까지 3주나 걸렸죠?"

"저희도 물론 바로 조사단을 파견했습니다만…."

남자는 말끝을 흐렸어. 시야 역시 이유를 듣지 않아도 알 수 있었어. 조사단은 살인 모기떼가 있으리라곤 생각도 못 한 채 아무 준비 없이 출동했을 거야. 모두 살인 모기에게 희생됐겠지.

"헬리캠으로 사고 현장을 확인한 후 방호복을 입고 무장한 조사단이 파견되기까지 3주가 걸렸습니다. 사고 직후 출발했다가 연락이 끊겼던 1차 조사단 모두 온몸의 피가 모조리 빨린 채 발견됐는데, 저 아이만 찾을 수 없었습니다."

"단순히 발견 못 했을 가능성은요?"

시야는 따뜻한 커피를 한 모금 마신 후 지도를 살피며 물었어.

"기적처럼 살인 모기에게서 벗어나서 깊이가 1,500미터나 되는 싱크홀에 추락했지만, 다시 또 기적이 일어나 죽지 않았다 해도 1,500미터나 되는 싱크홀을 맨손으로 기어 올라와야 하잖아요? 저 아이는 열 살밖에 안 됐는데 그게 가능할까요? 설령 아이가 살아남기

위해 초인적인 힘을 발휘해서 1,500미터가 넘는 절벽을 맨손으로 기어올랐다 쳐도 땅 위로 올라온 아이는 손가락 하나 까딱할 힘도 남아 있지 않았을 거예요. 그런데 사고 후 물이나 비상식량 하나 없이 3주가 지난 데다 가장 가까운 마을도 4킬로미터를 걸어야 나오는데 아이가 이 모든 역경을 뚫고 아직 살아 있을 거라 본다는 얘기인가요? 아니, 분명히 살아있지만 단지 실종된 것뿐이니 찾아달라는 의뢰를 하러 오신 거라고요?"

"네. 그렇습니다."

남자는 다른 영상을 재생했어. 헬리캠에서 촬영한 싱크홀을 내려다보는 영상이었지. 헬리캠이 싱크홀에 가까이 다가가자 갑자기 요란한 소리가 들려왔어. 마치 전투형 드론이 다가오는 듯 시끄러웠지.

"믿기 어렵겠지만 모기떼 소리입니다."

모기떼는 무슨 이유에선지 헬리캠을 가로막았어. 사고 현장을 촬영하던 카메라 렌즈를 순식간에 모기떼가 뒤덮고 말았지.

"바로 이 장면입니다."

남자는 화면을 확대했어. 화면의 크기를 키울수록 렌즈를 가린 모기가 손가락만 한 크기에서 점점 확대됐어.

여름밤 귓가에서 왱왱거릴 땐 귀찮고 짜증 나는 작은 벌레이지만, 점점 확대돼 수박 크기까지 커진 모기는 생각 이상으로 흉측하고 기괴했어. 마치 지구를 습격한 외계 생명체처럼 낯선 공포 그 자체였지.

"바로 여기, 여기를 봐주세요."

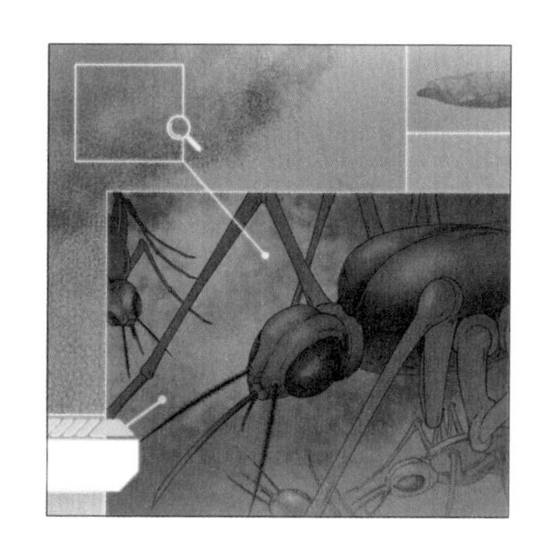

피를 탐하는 살인 모기의 다리와 날개와 몸통과 털들 사이에 작은 틈이 보였어. 그 틈은 싱크홀의 깎아지른 절벽을 비추고 있었지. 그리고 거기엔, 지구에 구멍이 뚫렸다고 외치던 아이가 있었어. 믿을 수 없는 광경에 시야의 두 눈도 동그래졌어.

"저 아이는 살인 모기의 공격에도 죽지 않았고, 싱크홀에 추락했음에도 살아남은 것도 모자라 1,500미터나 되는 절벽을 맨손으로 기어올랐습니다. 평생 절벽을 오른 암벽 등반 전문가가 세운 세계 신기록보다 무려 600미터를 더 오른 거죠. 그러고도 힘이 남아돌아 4킬로미터나 떨어진 마을까지 걸어갔습니다."

"혼자 힘으로 마을에 가서 도움을 청한 건가요?"

"아뇨. 마을을 공격했습니다."

"네? 열 살짜리 아이가 마을을 공격했다고요?"

남자는 대답 대신 흐릿한 사진 하나를 화면에 띄웠어.

"이 마을은 살인 모기에게 공격받았습니다. 안타깝게도 목격자는 없습니다. 단 한 명의 생존자도 발견하지 못했거든요."

아이는 사거리 한복판에 서 있었어. 아이 머리 위로 먹구름보다 더 까만 구름이 둥둥 떠다녔지. 모기떼였어.

"왜 모기들이 저 아이는 공격하지 않는 거죠?"

"정확한 이유는 저희도 모릅니다. 다만 자료들을 취합한 결과, 저 아이가 모기떼를 이끄는 것으로 확인됐습니다. 저희는 저 아이를 이름 대신 이렇게 부르고 있습니다. 모기들의 왕, '모기왕'이라고요."

남자가 화면을 조작하자 커다란 화면이 스물네 개의 작은 화면으로 쪼개졌어. 스물네 개의 화면에는 CCTV에 포착된 모기왕이 거리 곳곳을 누비는 수많은 장면이 동시에 재생됐어. 살인 모기떼는 모기왕을 호위라도 하듯 뒤에서, 때론 위에서 따르고 있었지.

"저 모기왕을 찾아주시면 됩니다. 모기왕을 붙잡고 시간을 끌어 주세요. 그다음은 저희가 처리하겠습니다."

남자는 모기왕과 관련된 자료를 건넸어. 그러고는 시야를 향해 가볍게 목례하고는 방을 나갔지. 시야의 푸른 눈은 화면에 못 박힌 채였어. 화면 속 모기왕 역시 마치 CCTV 너머의 시야를 노려보는 듯 이쪽을 바라보고 있었지. 시야는 지금껏 해결했던 모든 사건 중에서 살인 모기떼를 이끄는 모기왕이 가장 어려운 상대가 될 거라는 걸 직감했지. 반대로 모기왕은 시야가 가장 쉬운 상대라는 듯 가볍게 웃고 있었어.

악어는 5위, 6위는 하마

"새 의뢰야?"

"어, 왔어?"

시야는 뒤도 돌아보지 않은 채 대꾸했어. 태오는 시야의 소꿉친구야. 아장아장 걷던 아기 때부터 둘은 형제처럼 함께였지.

"늦었네? 한참 전에 도착하지 않았어? 길이라도 잃었던 거야?"

시야는 오래된 벽시계를 바라보며 물었어. 태오는 대답 대신 어깨를 으쓱했지.

시야네 집 대문에서 시야가 늘 틀어박혀 있는 연구실까지는 자전거를 타고 아무리 빨리 달려도 30분이 넘게 걸려. 태오는 성문처럼 굳건히 닫혀있는 철문 앞에서 초인종을 누른 후 감시카메라를 향해 반갑게 손을 흔들었지. 시야도 손을 흔드는 태오를 봤을 거야. 육중한 소리를 내며 철문이 바로 열렸으니까.

태오는 문이 열리자마자 있는 힘껏 페달을 밟아 시야를 향해 달려왔어. 조금이라도 더 빨리 시야를 만나고 싶어서, 시야의 푸르고 갈색인 눈을 마주 보고 싶어서 말이야. 태오가 그러거나 말거나 시야는 자신이 맡은 사건 외에는 통 관심이 없었지.

단 한 번도 쉬지 않고 달려오느라 태오의 심장이 터질 듯 뛰고 있었지만, 시야에게는 태오의 심장 박동이 들리지 않나 봐. 시야는 늘 골똘히 무슨 생각을 하거나 어딘가를 조용히 응시했어. 그런 시야 옆에서 태오는 한 마리 새처럼 조잘대며 시야의 관심을 끌려 애썼지.

"벌써 여름인가 봐."

시야는 날씨 얘기를 하며 태오에게 수건을 건넸어. 싱그러운 초록 바탕에 색색의 야생화가 수놓아진 손수건이었지. 수를 놓은 솜씨가 어찌나 꼼꼼한지 작은 꽃들이 저마다 향기를 내뿜는 듯했어.

"닦아. 땀."

아름다운 자수에 정신이 팔린 태오에게 시야는 짧게 말한 후 다시 자리로 돌아가 사건 자료를 뒤적였어. 그제야 태오는 자기 이마에 땀이 송골송골 맺혀 있다는 걸 알아챘지. 하지만 시야가 준 수건으로는 차마 땀을 닦을 수 없었어. 그냥 아까웠거든. 그래서 소매로 땀을 쓱 훔쳤지. 그러다가 시야와 눈이 딱 마주쳤어. 태오는 잘못한 게 없는데도 괜히 움츠러들었어.

시야와 태오는 동갑내기 친구인데 태오는 저도 모르게 두 손으로 수건을 내밀었어. 아까워서 땀을 닦지 못했다곤 말 안 했지. '그게 왜 아까운데?'라고 시야가 물으면 태오는 할 말이 없었거든. 뭐라 대답하든 자기 마음을 들켜버릴 것만 같기도 했고. 하지만 시야는 별생각이 없어 보였어. 태오가 건넨 수건을 받지 않은 채 툭 던지듯 말했을 뿐이야.

"네가 갖고 다녀. 옷으로 땀 닦지 말고."

무심히 던지는 시야의 말에 태오는 괜히 기분이 좋아져서 배시시 웃었어. 그때 책상 한쪽에 놓인 명함이 눈에 들어왔지. 빳빳하고 고급스러운 종이에 회사 이름이 금박으로 새겨진 명함이었어.

"어? 에버그린? 여기 세계 최대의 보험사잖아? 이번 일을 에버그린에서 의뢰한 거야?"

"응. 아이를 한 명 찾아 달래."

"아이? 아이가 없어졌어? 그런데 그런 건 경찰에 의뢰해도 되는 거 아닌가?"

시야는 대꾸 대신 화면을 띄웠어. 시야의 연구실은 한쪽 벽면 전체가 거대한 스크린이었는데, 거기에는 이번 의뢰에 관련된 자료가 나열돼 있었지.

"이번 사건이 발생한 장소는 한여름 한낮에도 최고 기온이 5도인 곳이야."

"5도? 5도면 냉장고 온도랑 비슷하네?"

"응. 덕분에 1년 내내 얼음에 뒤덮인 곳이지. 아니, 뒤덮여 있어야 정상인 곳이야."

"지금은 그렇지 않다는 거야?"

시야가 화면을 조작하자 푸른 벌판이 펼쳐진 풍경이 나타났어. 사방이 얼음과 빙하로 가득해야 정상인 곳이 푸른 이끼로 뒤덮여 있었지. 심지어 빙하가 녹은 물은 콸콸 흘러내리는 계곡이 되어 바다로 흘러 들어갔어.

"여기는 영구 동토층이었어. 땅속이 1년 내내 얼어있는 곳이었지."

"그런데 왜 어디에도 얼음이 보이지 않는 거야?"

"지구가 뜨거워지고 있으니까. 영구 동토층은 지구를 식혀주는 에어컨과 같은데, 누가 에어컨 코드를 뽑아 버린 셈이야."

"에어컨 코드를 뽑아 버리면 더워서 살 수가 없잖아? 대체 누가 그런 짓을 한 거야?"

시야는 화면을 바라보며 조용히 말했어.

"인간들. 아마 우리도 포함해서."

1년 내내 얼어있어야만 할 땅이 녹아서 물을 토해내고 있어. 단단히 얼어있던 땅 위에 집을 지었던 사람들은 매일 밤 걱정과 함께 잠에 들었지. 집이 무너지고 있었거든. 집을 이루는 기둥과 벽은 단단한 기초 위에 서 있어야 하잖아? 한겨울에 썰매를 탈 수 있는 건 돌멩이를 있는 힘껏 내던져도 깨지지 않을 정도로 호수가 단단히 얼어붙었기 때문이야. 하지만 날이 따뜻해져서 얼음이 녹으면 썰매를 타기는 커녕 물에 풍덩 빠져버리겠지.

집도 똑같아. 땅 아래 얼음이 녹기 시작하니 얼음 위의 땅도 아래로 꺼져 들어가는 거고, 땅 위에 지은 집 역시 점점 아래로 빨려 들어가는 거야. 벽이 갈라지고 기둥과 문틀까지 기울어지는 바람에 이제는 문도 제대로 열리지 않아. 조금씩 땅 아래로 집이 가라앉고 있다는 증거지.

모기왕이 추락했던 싱크홀도 땅속 얼음이 녹는 바람에 흙이 무너져 내리면서 커다란 구멍이 생긴 거야. 말 그대로 지구에 구멍이 뚫린 거지. 얼음이 녹으면 곳곳에 물이 고이는데, 원래 추운 곳이다 보니 물이 쉽게 증발하지 않고 계속 고여 있을 수밖에 없어. 모기에게는 더할 나위 없는 천국이야. 모기는 추운 겨울에는 활동을 못 해. 그런데 지구가 뜨거워져서 얼음이 녹으니, 알을 낳기 좋은 물웅덩이 천지야. 모기가 걷잡을 수 없이 번식하는 거지.

문제는 그뿐만이 아니야. 깊은 얼음 밑에는 오래된 세균이 잠들어 있어. 돌림병으로 죽은 짐승의 사체가 썩지도 않은 채 얼어서 묻혀있기도 해. 그런데 얼음이 녹으면서 병균에 오염된 사체가 땅 위로 드러

나는 거야. 그러면 그 속에 잠들어 있던 바이러스와 나쁜 세균까지 부활하는 셈이지. 그중에는 인간이 전혀 모르는 새로운 생명체나 새로운 바이러스가 있을 수도 있어.

"지난 10년 동안 인간을 가장 많이 죽인 생명체가 뭔지 알아?"

시야는 태오를 향해 무심히 질문을 던졌어.

"상어 아냐? 상어의 무시무시한 이빨은 뽑히거나 부러져도 계속 나온다잖아?"

"상어는 10위 안에도 못 들어."

"상어가 10위에도 못 든다고? 그렇다면 혹시 악어? 악어가 콱 물면 아무리 발버둥 쳐도 소용없을 것 같은데? 악어 꼬리에 맞아도 엄청 아플 테고."

"악어는 개 바로 아래, 하마 바로 위인 5위야.

"악어보다 개가 사람을 더 많이 해친다고? 잠깐만, 개, 악어, 하마 순서라면, 높은 순위로 갈수록 점점 몸집이 작아지는 셈이네? 그렇다면 4위인 개보다 더 작은 동물은 뭐가 있지? 아, 알았다! 뱀이야, 뱀! 독사!"

"뱀은 3위."

"음…. 혹시 그렇다면 1위는 인간 아냐? 전쟁이 일어나면 서로 죽고 죽이잖아. 맞네! 인간을 가장 많이 죽이는 동물은 바로 인간이야! 맞지?"

"인간은 2위야."

"뭐? 그럼 대체 어떤 동물이 전쟁보다 더 많은 희생자를 만든다는 거야?"

"정답은 모기야. 모기가 압도적 1위지."

시야의 말에 태오는 도저히 믿을 수 없다는 듯이 눈을 동그랗게 뜨고 다시 물었어.

"모기? 여름에 잠 못 들게 하는 그 벌레? 날아다니는 모기?"

"응. 모기는 지구에서 가장 치명적인 존재야. 말라리아, 뎅기열, 지카 바이러스 등 다양한 질병을 옮기거든. 해마다 수십만 명이 모기가 옮긴 병으로 목숨을 잃어."

"믿을 수 없어. 모기 때문에 1년에 수십만 명이나 죽는다니. 전쟁보다 더 무섭잖아?"

"그뿐만이 아니야."

시야가 화면을 넘겼어. 벌판에 쓰러져 있는 순록 무리가 보였지.

"지구의 에어컨이 꺼지는 바람에 지구는 점점 뜨거워지고 있어. 모기가 살기 좋은 환경으로 변하는 거지. 갑자기 늘어난 모기에게 습격당한 순록이나 염소들이 피를 빨린 채 죽은 경우는 종종 보고되곤 했는데…."

다음 화면에는 피를 빨린 채 여기저기 널브러져 있는 조사원들이 보였어. 태오는 눈앞에 펼쳐진 끔찍한 장면에 너무 놀라 손으로 입을 가렸지.

"이제는 순록이나 소, 염소만 해치는 게 아니라 사람까지 공격하는 살인 모기가 등장했어. 게다가 살인 모기떼를 끌고 다니는 건 놀랍게도 사람이야. 모기왕이라 부른대. 내가 찾아야 할 사람이기도 해."

스물네 개로 나뉜 화면에는 먹구름 또는 회오리바람 같은 살인 모기떼와 모기왕의 모습이 등장했어.

"이건 너무 위험한 의뢰 아냐? 사람까지 해치는 모기라니. 이 일 꼭 해야 해?"

시야는 집게손가락으로 턱을 두드리다 책상에 놓인 검은 뿔테 안경을 쓴 다음 긴 머리를 하나로 묶었어. 깊은 고민에 빠졌을 때의 시야 버릇이야.

"의뢰인들은 나를 만나기 전까지는 내 정체를 몰라. 그저 세계 최고의 실력을 자랑하는 '해결사 Q'라고만 알고 있지. 사건을 의뢰하기 위해 해결사 Q를 만나러 이곳으로 오는 사람들은 철통같은 보안과 성처럼 우뚝 솟은 대저택을 보곤 제대로 찾아왔다고 생각해. 하지만 내게 일을 맡기는 건 결과적으로 열 명 중 두세 명에 불과해."

시야는 흘러내리지도 않은 뿔테 안경을 고쳐 썼어.

"열 명 중 다섯 명은 해결사 Q가 열네 살 여자애라는 걸 확인하자마자 화를 내며 돌아가. 이런 꼬마, 더구나 여자애가 무슨 일을 해결할 수 있겠냐고 씩씩거리지. 열 명 중 두 명은 비용을 듣곤 깜짝 놀라서 돌아가. '아니, 이런 꼬맹이한테 일을 맡기는 것도 미덥지 않은데, 의뢰비가 이렇게 비싸다고?'라면서."

"나머지 두세 명은 왜 너에게 일을 맡기는 거야?"

"나머지 두세 명은, 다른 해결사를 찾아서 더 싼 돈을 지불하고 일을 맡겼던 경우야. 그러다 해결이 안 돼서 남자든 여자든 아무래도 좋으니 처음보다 조금 더 비싼 돈을 내고 사건을 맡겨. 그것마저 실패하면 결국 업계 최고의 해결사 Q, 바로 나를 찾아오는 거야. 열네 살이든 꼬맹이 여자든 아무 상관 없고 돈이 얼마가 들어도 좋으니, 제발 해결만 해달라고 말이야."

"그걸 어떻게 알아? 자기 입으로 그렇게 말하진 않았을 거잖아?"

"아까 그 검은 양복 아저씨, 나를 보고 전혀 놀라지 않았어. 벼랑 끝까지 몰렸다고 해야 할까? 해결사 Q의 나이나 성별은 눈에도 안 들어오는 거야. 당장 눈앞의 문제가 너무 크니까. 게다가 세계 최대의 보험사 에버그린 소속이니 나에게 오기 전 분명 여러 명의 해결사에게 동시에 임무를 줬겠지."

"그런데도 결국 시야 너에게 왔다는 건…."

"다 실패했다는 얘기겠지?"

"그럼 다른 해결사들은 어떻게 된 거야?"

"순록 무리나 조사원들과 같은 꼴이 되지 않았을까?"

시야는 너무나 무서운 얘기를 아무렇지 않게 하고 있었어.

“해결사들이 괜히 어설프게 나서는 통에 모기왕은 꼭꼭 숨어버렸어. 모기는 날 수 있게 되자마자 짝짓기를 하는데 알에서 성체가 되기까지 2~3주면 충분해. 그런데 모기왕과 함께 모기떼마저 숨어버린 거야.”

“살인 모기가 숨어서 안 나타나면 오히려 좋은 거 아냐?”

“암컷 모기가 사람이나 짐승의 피를 빠는 건 번식을 하기 위해서야. 이미 살인 모기 때문에 수많은 사람이 희생됐어. 엄청난 피를 빨았다는 얘기지. 그렇다는 건 배가 터질 때까지 피를 빤 암컷 모기들이 어딘가에 셀 수 없을 정도의 알을 낳았단 얘기고, 우리가 모르는 어딘가에서 모기 유충들이 무럭무럭 자라고 있다는 결론이 나와.”

“만약 그 유충들이 다 자라면….”

“더 많은 사람이 공격받겠지. 지금과는 비교할 수 없을 정도로 많은 희생이 따를 거야.”

“살인 모기를 피해서 추운 지방으로 사람들을 피난시키는 건 어때? 모기가 추운 곳까지는 못 쫓아올 거잖아?”

“이거 한번 볼래?”

시야는 태오에게 전문 용어로 가득한 보고서 뭉치를 무심코 건네려다 멈칫했어. 태오뿐만 아니라 일반인은 읽어도 무슨 내용인지 알기 어려운 보고서였거든. 그냥 쉽게 설명하는 게 낫겠다 싶었지.

“쉽게 말하면, 이번 살인 모기에게서 지금껏 발견된 적 없는 바이러스가 발견됐어. 아마 영구 동토층에 묻혀있던 고대 바이러스 같아. 정확한 연대는 파악에 시간이 필요하지만, 어쩌면 지구에 인간이 등장하기 전의 바이러스일지도 몰라. 아니, 거의 그렇다고 생각해."

"그렇다면 살인 모기 때문에 고대 바이러스 전염병이 퍼지기 시작한 거야?"

"아직은 아냐. 살인 모기에게 습격당한 사람들은 모두 죽었잖아."

"다들 죽었기 때문에 바이러스가 퍼질 수 없었다는 거네?"

"응. 살인 모기에게 공격당했을 경우 치사율 100%인 셈이니 바이러스가 퍼질 틈이 없었지. 하지만 사람들이 살인 모기를 막기 위해 두꺼운 옷을 입고 대피한다면 어떻게 될까? 공격에서는 살아남겠지만 운 나쁘게 한 마리에게 딱 한 방이라도 물린다면?"

"고대 바이러스에 감염되겠지. 그리고 감염된 사람은 또 다른 사람에게 병을 전염시킬 테고."

"맞아. 살인 모기를 작은 흡혈귀나 좀비라고 생각하면 돼. 한 번이라도 물리면 물리지 않은 수십, 수백 명에게 바이러스를 옮길 수 있는 거야."

"그런데 왜 하필 보험사가 이런 의뢰를 해? 이런 일은 정부나 군대가 나서야 하는 거 아냐?"

"모기와 바이러스는 총이나 미사일로 없앨 수 없어. 게다가 보험조사원의 아들이 무슨 이유인지 모기왕이 되어 살인 모기를 이끌고 있어. 조사원을 파견했던 건 보험사니까 이 사태의 책임을 벗어날 수 없지. 물론 직접적인 보험 배상액도 상상할 수 없는 수준일 테고."

태오의 시선이 화면을 향했어. 연구실 벽면을 가득 채운 건 모기의 습격으로 쓰러져 있는 순록과 염소 떼, 희생당한 조사원들이었지. 지구 환경 파괴에 따른 기후변화로 가장 큰 피해를 본 기업 중 하나가 바로 보험사야. 보험이라는 건 미래에 내게 닥칠지 모르는 위험을 대비하는 거지. 매일 밤 자기 전에 꼬박꼬박 양치질을 하지만 나도 모르는 사이 충치가 생기거나 치과 진료에 큰돈이 들어갈 때를 대비해 치과 보험을 드는 걸 생각해 보면 이해하기 쉬워.

지금까지 지구는 늘 그랬듯 계절이 반복됐어. 여름에는 덥고, 겨울에는 춥고, 여름에는 눈이 내리지 않지만, 겨울에는 꽃이 피지 않았지. 정해진 순리대로 시간이 흘러갔기에 어느 정도의 위험은 대비할 수 있었고 충분히 예측할 수 있었어. 한마디로 질서가 있었단 얘기야. 다들 지구의 질서가 깨지지 않고 영원하리라 믿었어. 그래서 지구를 돌보는 데 소홀했는지 몰라.

결국 지구는 탈이 났어. 봄과 여름뿐인 따뜻한 도시의 기온이 하루아침에 영하 20도까지 내려가며 눈과 우박이 도시를 초토화했어. 여름의 도시에 눈과 우박이 쏟아질 거라고는 그 누구도 생각조차 못 했지. 그런데 그런 상상조차 못 할 일이 눈앞에서 벌어진 거야.

눈이라는 걸 볼 일이 없던 도시는 갑작스러운 영하의 추위와 속수

무책으로 쌓여가는 엄청난 양의 눈에 대응할 준비가 전혀 되어 있지 않았어. 늘 덥거나 따뜻한 기후였으니 난로 같은 건 마트에서 팔지도 않았다고. 갑작스레 닥친 추위에 모두 이불을 뒤집어쓰고 서로 끌어안고 있는 게 최선이었지. 급하게 전기난로 등을 동원하다 보니 전기 사용량이 폭주하여 정전되고 도시가 암흑에 잠겼어. 수도관은 지독한 추위에 꽝꽝 얼거나 터져버렸지. 전기도, 물도 끊기는 바람에 사람들은 초를 켜놓고 생활했어.

인류는 이미 2040년 초반에 화성 여행상품을 만들 정도로 발전했지만, 정작 예상 못 한 추위가 닥치자 오래전 수렵 생활로 돌아간 꼴이 되었어. 물이 나오지 않으니 장작을 패 불을 붙여 눈을 녹인 후 물을 만든 다음에야 음식을 만들 수 있었어. 오븐이나 전자레인지가 있으면 뭐 해. 정전으로 전기가 공급되지 않으면 아무 짝에 쓸모없지.

밥을 짓든 세수를 하든 화장실에 가든 물이 있어야만 하잖아. 당장 물이 안 나오니 급한 대로 눈이라도 녹여서 물을 만드는 수밖에 없어. 화성으로 여행가는 시대였지만 정작 생활은 원시인과 다를 게 없었지. 장작을 패 불을 피우다 정원에 심은 나무나 집에 불이 옮겨붙으면 정말 끔찍했어.

소방차가 출동해도 불을 끌 수 있는 물이 없었거든. 다 얼어버렸으니까. 소화전을 틀어도 물이 나오지 않았어. 소방차에 채울 물도 없었고. 그러니 불이 나면 집이 빨리 다 타버리기만을 기도해야 했어.

더 탈 게 없어서 불이 자연스레 꺼지지 않는 이상 집주인도, 소방관도 아무것도 할 수 없으니 그저 지켜봐야만 했거든.

활활 타오르는 불길은 붉은 혓바닥을 날름거리며 이웃집까지 집어삼키려고 했어. 이웃 역시 옆집이 빨리 다 타버려서 자기 집으로 불길이 넘어오지 않기를 바랄 뿐이었지. 도시는 완전히 마비됐어.

이상기후가 나타난 곳은 또 있었어. 일 년 내내 건조하고 물이 부족한 도시에 갑자기 물 폭탄처럼 비가 퍼붓기도 했어. 단 하루 만에 몇 년 치 내릴 비가 몽땅 쏟아져 내렸지. 도시 전체가 순식간에 빗물에 잠기는 바람에 지하철은 물에 잠겨 다시는 달리지 못했어. 지하철에 타고 있던 승객들 역시 빗물로 가득 찬 지하철에서 빠져나올 수 없었지.

이처럼 폭우가 쏟아진 곳이 있다면 반대편의 어느 나라는 비가 오지 않아 극심한 가뭄에 시달렸어. 원래대로라면 습하고 비가 많이 오던 곳이었는데, 유례없이 비가 뚝 멎고 하늘에는 먹구름 한 점 나타나지 않았어. 땅은 메말라서 쩍쩍 갈라지고 작물은 타들어 갔지. 농작물은 둘째 치고 사람이 마실 물조차 부족한 상황인데 당장 엄청난 양의 물을 써버리는 곳이 있었어. 바로 공장들이야.

사람들이 갈증을 참으며 마른침을 삼키고 있을 때, 공업용수로 쓰기 위한 수천 톤의 물이 공장에 공급되었어. 수만 명의 갈증을 해결할 수 있을 정도로 많은 양의 물이 공장에서는 단 며칠 만에 소비되었어.

기후변화로 인한 각종 사고와 피해는 그 누구도 전혀 예상조차 못 했던 것이었지.

보험사에서는 따뜻한 곳에 눈이 내릴 일은 없으니 한파 피해에 대한 보험 상품을 만들어 뒀어. 해마다 일정한 강우량을 기록했던 나라에는 홍수 피해에 대한 보험 상품을 만들어 팔았지. 가뭄을 겪어본 적 없는 나라에는 만약 가뭄이 와서 공장 가동이 멈추거나 피해를 입을 경우 공장의 피해를 전부 다 보상해 준다는 보험을 만들어서 신나게 팔았어.

설마 일어날까 싶은 일들이지만 만약 그런 일이 닥치면 정말 큰 일이기 때문에 미리 보험에 들어두라고 기업과 사람들을 설득해서 비싼 보험에 가입시켰던 거야. 그래서 보험사는 앉은 자리에서 셀 수 없을 만큼의 돈을 벌었지.

하지만 지금은 결코 일어나지 않으리라 생각했던 일이 지구 곳곳에서 벌어지고 있어. 보험사들은 수십 년간 벌어들인 엄청난 돈을 단 1년 만에 모두 잃고 말았어. 문제는 앞으로 상황이 더 심각해질 일만 남았다는 거야. 지구가 망가지는 건 순식간이고, 이전으로 되돌리기는 거의 불가능하니까. 설마 했던 일이 진짜 눈앞에서 벌어지고 있었어. 보험사는 발등에 불이 떨어졌지. 수습할 문제와 지불해야 할 돈이 눈덩이처럼 커지고 있었으니까.

해결사 Q가 모기왕을 찾아만 준다면 돈은 얼마가 들어도 상관없었어. 어차피 모기왕을 막지 못해 발생할 피해액에 비하면 아무것도 아니었으니까. 하지만 시야를 바라보는 태오의 눈빛은 걱정으로 가득했지.

"시야, 네가 아이큐 284의 천재인 건 인정해. 하지만 세계에서 아이큐가 가장 높은 사람이라 해서 살인 모기가 봐주거나 물지 않는 건 아니잖아? 게다가 바이러스는? 모기는 눈에 보이니까 피하기라도 할 수 있지, 바이러스는 눈에 보이지도 않는데 어떡할 건데?"

"그래서 알프레도 아저씨에게 특수 차량 제작을 부탁해 뒀어. 모기가 들어올 수 없는 밀폐된 공간, 쾌적함을 유지해 줄 환기장치, 모기 서식지인 웅덩이를 비롯해 늪지에서 주행할 수 있으며 펑크가 나지 않는 특수 타이어를 달아달라고 했지. 그리고 모기 퇴치를 위한 비장의 무기도 부탁했어."

알프레도 아저씨는 시야가 아기일 때부터 집안일을 봐준 집사야. 지금은 시야를 도와주고 계시지. 머리가 온통 하얀 멋진 신사처럼 보이지만, 못 만드는 게 없고 못 하는 일이 없는 분이야. 얼핏 듣기로는 젊었을 적엔 군인이었대. 그래서 세계 곳곳 안 가 본 곳이 없다고 해. 하지만 알프레도 아저씨도 살인 모기를 만나본 적은 없었을 거야. 고대 바이러스는 말할 것도 없고. 태오는 시야가 너무 걱정됐어.

"시야, 지금 내가 걱정하는 건."

"미지의 바이러스로부터 나를 보호할 방호복도 준비했어. 모기 방어는 기본이고, 방호복에는 자동 체온 조절 장치가 있어서 더울 땐 시원하게, 추울 땐 따뜻하게 나를 보호해 줄 거야."

태오는 한숨을 내쉬었어. 시야는 무슨 일이든 한 번 꽂히면 다른 데 한눈팔지 않고 무조건 달려 나가는 아이라는 걸 깜빡 잊고 있었어.

"이번에도 알프레도 아저씨가 같이 가는 거야?"

"응? 아니. 알프레도 아저씨는 위성사진으로 모기떼의 출몰이나 이동을 포착해서 실시간으로 공유하는 지휘 본부 역할이야. 이번 의뢰는 서포트의 역할이 무척 중요해."

"하지만 운전은? 너 운전 못 하잖아?"

"시동 정도는 나도 걸 수 있어. 나머지는 자율주행에 맡기면 돼."

"내비게이션에 목적지를 입력하면 알아서 데려다주는 게 자율주행이잖아. 모기왕이 어디 숨었는지도 모르는데 목적지를 어떻게 입력해?"

시야는 말문이 막혔어. 자율주행 기술의 발달로 열세 살부터 운전면허 취득이 가능해졌지만, 시야는 아직 면허가 없어. 어디든 알프레도 아저씨가 늘 데려다줬으니까. 게다가 시야는 열네 살의 나이에 이미 대학교를 조기 졸업했어. 워낙 학교를 빨리 마치다 보니 학교 친구도 없고, 밖에 나가 누구를 만나지도 않고 연구실에만 틀어박혀 있으니 운전을 할 일이 없기도 해. 운전을 못 하는 건 둘째 치고 시야에게는 치명적인 문제가 있었어.

"시야 넌 집 밖에 나가면 다시 못 돌아오잖아?"

시야는 누가 봐도 천재가 분명했지만 지독한 길치였어. 시야가 태오와 함께 영화를 보러 간 날이었어. 영화를 예매한 후 시간이 남아 시야와 태오는 영화관에서 3층 아래에 있는 예쁜 카페에 갔지. 그런데 음료를 주문한 후 화장실에 다녀오겠다고 나간 시야가 아무리 기다려도 돌아오지 않는 거야. 태오는 계속 기다렸지만, 시야는 나타나지 않았고 전화도 받지 않았어. 영화가 시작한 후에도 시야는 끝내 나타나지 않았지.

태오는 시야에게 무슨 일이 생긴 건 아닌가 싶어 여자 화장실을 기웃대다 이상한 사람 취급을 받고 쫓겨났어. 걱정스러운 마음에 주변을 샅샅이 뒤져도 시야는 보이지 않았지. 태오는 당장이라도 울 것 같은 표정으로 혼자 돌아올 수밖에 없었어. 혹시나 하는 마음에 시야네 집 초인종을 눌렀는데 인터폰을 통해 시야 목소리가 흘러나오는 거야. 아무 일도 없었다는 듯 너무 태연하게.

"너 왜 집에 있어? 나랑 같이 영화 보기로 했잖아?"

"화장실에서 나왔는데 카페가 없어졌어."

"뭐? 그게 무슨 소리야. 카페가 없어졌다니?"

"몰라. 카페 가는 길이 없어졌어."

카페에서 화장실까지 가려면 복도를 따라 모퉁이를 두어 번 돌아야 하긴 했지만, 길이 없어졌다고 말할 정도로 복잡한 길은 절대 아니었어.

"그래서, 길이 없어진 다음에는 어떻게 한 거야?"

"알프레도 아저씨를 불렀어."

"아니, 그럴 거면 알프레도 아저씨더러 카페 가는 길을 알려달라고 하면 됐잖아."

"……."

잠깐의 침묵이었지만 태오는 시야가 어떤 기분인지 알 것 같았어. 시야는 잠깐 화장실을 갔다가 코앞의 카페 가는 길을 잃어버린 어처구니없는 모습을 남에게 보이고 싶지 않은 거였어. 아무리 아기 때부터 시야를 봐온 알프레도 아저씨라 해도 말이야.

"미안."

"아냐. 영화는 다음에 보면 되지. 아무 일 없었다면 됐어."

태오의 진심이었어. 시야만 괜찮다면 자기는 아무래도 괜찮다고 생각하니까. 하지만 아쉽게도 시야와 태오가 영화관에 갈 일은 두 번 다시 없었어. 시야가 알프레도 아저씨에게 부탁해서 연구실 바로 맞은편에 영화관을 지어 버렸거든. 연구실 정문 바로 맞은편이 영화관 정문이야. 연구실에서 영화관까지 딱 스물일곱 걸음이었지. 아무리 길치인 시야라도 눈을 꽉 감으면 모를까 길이 결코 없어질 리 없는, 세상에서 가장 가깝고 안전한 영화관이었어.

사정이 이렇다 보니 '집 밖에 나가면 다시 못 돌아오잖아?'라는 태오의 말은 시야의 가장 약한 구석을 제대로 찌른 거였어. 아무리 자율주행이 도와준다 해도 시야는 화장실에 갔다가 돌아오는 길을 못 찾아서 집에 돌아와 버리는 천재 소녀였으니까.

"이번 의뢰 맡지 말라고 안 할게. 대신, 내가 같이 가게 해줘. 방해 안 되게 운전만 할게."

시야는 대답 없이 태오를 빤히 바라보다가 안경을 벗었어. 머리끈을 푼 시야가 좌우로 머리를 흔들자, 흑발의 긴 머리가 찰랑거렸지. 모든 고민이 해결됐을 때 보이는 시야의 행동이야.

"그럼, 운전만 부탁할게. 딴 건 나도 할 수 있으니까."

빈 커피잔을 들고 나가던 시야는 문득 뒤를 돌아보며 태오에게 말했어.

"근데 나, 아이큐 284 아냐."

"무슨 소리야? 너 아이큐 284 맞아. 설마 너에 대해 내가 잘못 아는 게 있을 것 같아?"

"그 뜻이 아니야. 이전 세계 1위 기록 보유자의 아이큐가 264였거든. 아이큐 테스트 때 264보다 조금만 더 높게 나오게 할 생각이었어. 그 사람만 이기면 됐지 굳이 높게 나올 필요는 없으니까."

"뭐? 설마 아이큐 테스트를 받을 때 기록만 넘길 정도로 적당히 했다는 말이야? 그럼 진짜 아이큐는 몇인데?"

"몰라. 진심으로 해본 적이 없으니까. 그래도 300은 쉽게 넘을 것 같긴 해."

"그렇다고 일부러 아이큐가 낮게 나오게 할 필요까지는 없었잖아? 왜 그랬던 거야?"

"귀찮아서 그랬어. 지구에 인간이 생긴 이래 아이큐 300을 넘은 사람은 아무도 없었고, 앞으로도 없을 거야. 만약 내 아이큐가 300이 넘는다고 알려지면 기자들이 귀찮게 할 게 뻔하잖아?"

심드렁하게 말한 시야는 다시 커피를 내리러 갔어. 화장실에 갔다가 돌아오는 길을 못 찾아서 알프레도 아저씨까지 부른 '세계 최고의 길치'와 '세계 최고의 두뇌'가 동일한 사람이라는 걸 태오는 쉽사리 믿을 수 없었지. 마치 여름에 눈이 내리는 걸 보는 것만 같았어.

해결사 Q가 된 이유

차는 드넓은 초원을 달리고 있어. 보조석에 앉은 시야는 검은 뿔테 안경을 고쳐 썼어. 답답한 듯 창문은 반쯤 열어놓은 채였지. 차창 틈새로 들이치는 바람에 시야의 묶은 머리가 깃발처럼 나부꼈어.

조금 전 두 건의 연락을 받았어. 첫 번째는 알프레도 아저씨였지. 살인 모기로 추정되는 모기떼가 다시 나타났대. 신원을 파악할 수 없는 아이도 함께 있는 게 위성사진에 찍혔다고 했어. 시야와 태오는 알프레도 아저씨가 보내준 위치 정보에 따라 전속력으로 달려가는 중이었지.

두 번째 연락은 이번 모기왕 사건을 의뢰한 검은 양복의 남자였어.

모기왕이 발견되었는데, 강에서 멀지 않은 숲에서 땅에 엎드린 채였다고 해.

"모기왕이 확실한가요?"

시야는 믿을 수 없다는 듯 물었어. 살인 모기떼가 한 아이의 지휘 아래 움직이고 있다는 연락을 바로 조금 전에 받았으니까.

"확실합니다. DNA 검사 결과 실종된 아이와 정확히 일치했어요."

"잠깐만요, DNA 검사요? 지문으로 쉽게 확인할 수 있는데 굳이 왜 DNA검사까지 한 거죠?"

"그게 뭐랄까…. 미라 같다고 할까요. 온몸의 수분이 다 빠져 말라붙은 상태라 지문 채취가 불가능했습니다. 더 놀라운 건…."

검은 양복의 남자가 침을 꿀꺽 삼키는 소리가 전화기 너머로까지 들릴 정도였어.

"이곳이 캠핑장 근처거든요. 숨어 있던 모기왕이 갑자기 캠핑장에 등장한 것도 이상한데, 바로 어젯밤까지만 해도 멀쩡하게 돌아다니는 게 캠핑장 CCTV에 찍혔어요."

"1,500미터 암벽을 아무런 장비도 없이 맨손으로 기어오른 열 살 아이가, 하룻밤 만에 미라가 된 채 발견됐다는 거죠?"

"거짓말 같지만 그렇습니다."

"지금 살인 모기떼가 한 아이를 따라 다시 나타났다는 건 혹시 알고 계세요?"

"네? 설마 그럴 리가요? 모기왕은 여기 미라로 발견됐는데…."

"그 아이가 모기왕이 아니었다면요? 아니, 그 아이 몸속에 있던 그 무엇인가가 모기왕인데, 그게 다른 아이한테 옮겨간 거라면요?"

검은 양복의 남자는 도저히 믿을 수 없다는 듯 아무 말도 하지 못했어. 하지만 현재로서는 그 가설이 가장 유력한 이야기라 부정할 수가 없었지. 싱크홀에서 죽음을 앞뒀던 아이의 몸에 무엇인가 미확인 물체가 들어왔고, 그것의 힘으로 1,500미터 암벽을 맨손으로 오른 데다 살인 모기떼를 자기 맘대로 지휘하게 된 거라면?

"시야, 저기, 저 앞에!"

지평선 위로 검은 회오리바람이 불고 있었어. 살인 모기야.

"살인 모기떼를 만났어요. 다시 연락드릴게요."

황급히 전화를 끊은 시야는 손짓으로 살인 모기떼를 향해 전속력으로 달릴 것을 주문했어. 그러고는 알프레도 아저씨에게 급히 문자를 보냈지. 태오는 운전에 집중하느라 시야가 알프레도 아저씨에게 무슨 부탁을 했는지 미처 보지 못했어.

"그대로 가. 모기떼 한가운데까지."

조수석에 따로 설치된 버튼을 누르자 덜컹거리는 소리와 함께 차창 위로 무언가 내려오기 시작했어. 촘촘하게 짜인 철망이었지. 밖에서 보면 장갑차와 다를 게 없었어. 어느새 살인 모기의 회오리바람이 코앞에까지 다가왔어.

"멈춰!"

시야의 신호와 함께 태오는 차를 멈췄어. 수십만 마리의 살인 모기 떼 회오리바람 한복판에 들어온 거야. 밤이라도 된 듯 아무것도 보이지 않았지. 빛을 감지하는 오토 센서가 작동해서 수중탐사용으로 제작된 특수램프가 자동으로 켜졌어.

"아냐. 불 꺼줘."

태오는 황급히 불을 껐어. 모기들은 밝은 곳을 싫어하잖아. 시야가 버튼을 조작하자 차의 지붕과 양옆에서 파이프가 튀어나왔어. 파이프는 묵직하면서도 조용히 쭉쭉 뻗어나갔어. 안테나라도 솟아 나오는 듯했지. 한참을 늘어나던 파이프가 멈추자, 이제는 가느다란 그물망이 펼쳐지기 시작했어. 거대한 레이더가 펼쳐진 것처럼 보이기도 했고, 야구장의 그물 울타리처럼 보이기도 했지. 멀리서 보면 초대형 거미줄처럼 보이기도 했어. 시야는 수많은 버튼 중 주황색 버튼을 꾹 눌렀어. 하지만 지금까지와는 달리 아무런 변화가 없었어. 정말 아무 일도 일어나지 않았지.

"방금 그건 뭐야? 뭐 한 거야?"

다른 버튼은 다 까만색인데 시야가 방금 누른 버튼과 바로 옆 버튼만 주황색과 빨간색이었거든. 당연히 뭔가 특수한 기능이 있을 거로 생각했는데 아무 일이 벌어지지 않자, 태오는 궁금함을 참지 못하고 물었어.

"젖산, 요산, 암모니아, 지방산 등의 화합물에 이산화탄소를 섞어 뿌리는 거야. 그물망은 따뜻한 온도로 데웠고."

"왜?"

"미끼를 던지는 거지. 모기가 좋아하는 냄새와 온도를 맞춘 거야."

시야는 그렇게 말한 후 헤드셋을 꼈어.

"너도 껴."

시야가 태오에게 몸을 반쯤 숙인 채 헤드셋을 씌워줄 때, 시야의 얼굴이 태오에게 닿을 듯 가까워졌어. 시야가 내쉰 숨이 볼을 간지럽혔지. 시야가 뭐라고 말했는데 얼굴이 터질 것처럼 달아오른 태오는 제대로 듣지를 못했어. 시야가 헤드셋을 통해 말을 건넸지.

"막상 살인 모기떼를 코앞에서 보니까 겁나? 너 얼굴에 지금 '나 긴장했어요'라고 쓰여 있어."

시야가 태오를 향해 룸미러를 휙 돌렸어. 태오는 거울 속의 자신과 눈이 마주쳤지. 그래, 맞아. 긴장한 거. 하지만 이건 모기 때문이 아니라고.

"잠시 기다리는 동안 음악이라도 들을까?"

헤드셋에서 피아노곡이 흘러나왔어. 음악은 아름다웠고 밖에는 살인 모기떼가 미친 듯 달려들었지. 차량 내부 모니터에 바깥 상황이 실시간으로 중계되고 있었어. 거대한 안테나에 살인 모기가 점점 달라붙어서 모기의 무게로 안테나가 휠 지경이 됐어.

바늘 하나 들어올 틈 없이 꼼꼼하게 방음 처리가 된 차량 내부는 맑은 날의 호수처럼 평온했지만, 바깥은 모깃소리로 귀가 찢어질 정도로 시끄러웠어. 만약 방호복을 입고 밖에 서 있었다면 모기에게 물리지는 않았겠지만 뇌까지 흔들릴 것 같은 왱왱거리는 소리에 미쳐 버렸을지도 몰라.

"오, 사랑하는 사람아–"

연극 대사처럼 낮게 중얼거리는 시야의 목소리에 태오는 화들짝 놀랐어. 밖은 모기뿐이고, 차 안에는 시야와 태오 둘뿐인데 갑자기 사랑하는 사람이라니 놀랄 수밖에. 설마 시야가 태오를 사랑하는 사람이라고 부른 걸까?

"깊은 겨울 연못에 드리운 버드나무의 검은 그림자는 바람에 흐느끼네."

잠깐. 여기에는 모기뿐인데? 버드나무도, 연못도 없어.

"폴 베를렌의 '하얀 달'이란 시 중 일부야."

태오는 처음 듣는 이름이야. 그 사람이 시를 썼는지 교과서를 썼는지 잘 모르지만, 어쨌든 사랑하는 사람은 태오에게 한 말이 아니라 그냥 시에 나온 말이라는 거잖아. 태오는 김이 팍 샜어.

"지금 흐르는 음악은 클로드 드뷔시가 1890년에 작곡한 피아노 독주곡 '달빛'이야. 드뷔시 알지?"

드뷔시인지 뭔지 알 게 뭐야. 1890년이면 지금으로부터 무려 160

년도 더 지난 옛날이잖아. 태오 주변 남자애 중 160여 년 전 옛날 피아노곡을 듣는 친구는 장담컨대 단 한 명도 없을 거야. 자장가 같은 피아노곡을 듣는 대신 게임을 하거나, 축구를 한 다음 게임을 하거나, 게임을 한 다음 축구를 하겠지. 아니면 축구 게임을 하거나.

"드뷔시가 본 달은 어떤 달이었기에 이렇게 아름다운 곡을 만들었을까?"

시야는 놀라울 정도로 맛있는 음식을 먹거나 숨이 막힐 정도로 멋진 그림을 본 것 같은 표정을 지었어. 음악이든 그림이든 태오에게는 별 감흥이 없었는데, 시야가 좋아하는 걸 보니 태오도 잠자코 좋은 척 하기로 했지. 먼지가 쌓여 있을 정도로 아주 오래된 곡이긴 하지만 태오가 듣기에도 감미롭긴 했어. 둥근 달이 뜬 밤, 고즈넉한 밤하늘 아래 시야와 둘이 나란히 걷는 모습이 자연스레 떠오르자 괜히 설렜거든. 피아노 선율에 심취한 듯 시야는 눈을 감았어. 시야는 눈을 감은 채 피아노 건반을 누르듯 빨간 버튼을 지그시 눌렀지.

지지지지지지직 - 파파밧! 파파파파파파팍! 팍! 파팍! 펑! 펑!

안테나처럼 생긴 장치는 거대한 전기 파리채 역할을 했어. 빨간 버튼을 누름과 동시에 강한 전류가 흐르며 새까맣게 붙어있던 살인 모기들을 모조리 태워버렸지. 탁탁 튀는 소리와 함께 모기들은 먼지처럼 타서 연기와 함께 사라졌어.

거대한 안테나는 살인 모기의 회오리바람과 반대 방향으로 빙글빙

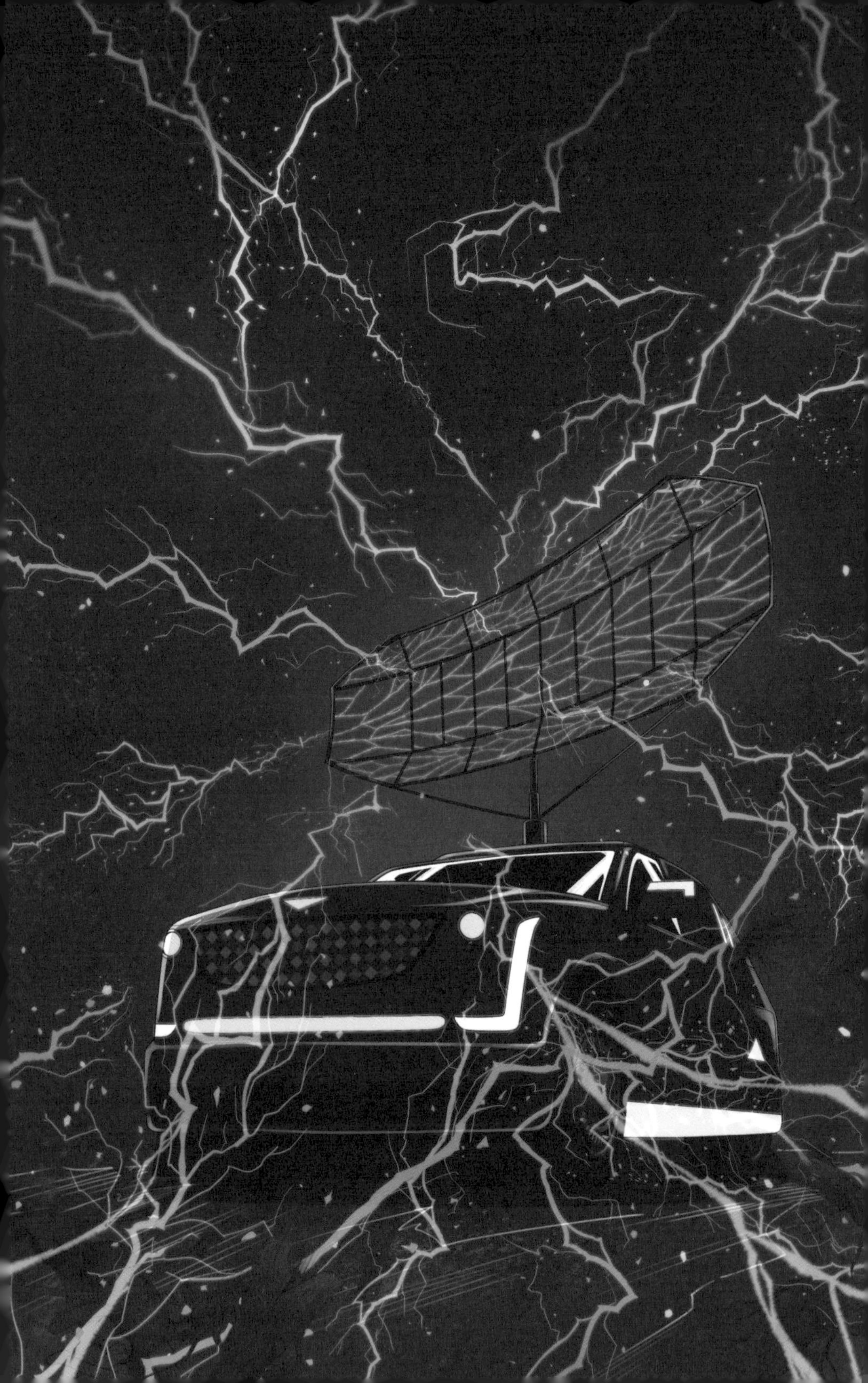

글 돌아가기 시작했어. 모니터를 통해 바깥 상황을 보고 있으려니 마치 강둑에 앉아 사방에서 폭죽과 불꽃이 터지는 걸 구경하는 듯했어. 한 번에 수백, 수천 마리의 모기가 전기에 튀겨지듯 타오르다 보니 불꽃놀이와 다를 게 없었거든. 사방에서 불꽃이 튀었고, 숨쉬기 어려울 정도로 매캐한 연기가 퍼져나갔어. 그만큼 모기가 많았던 거야.

태오는 눈을 비비며 밖을 바라봤지. 바깥은 귀청을 찢을 듯한 모기의 날갯짓 소리에 더해 사방에서 폭죽이 터지듯 요란했지만, 차 안은 보름달이 둥실 뜬 달밤에 달의 요정이 호숫가에 내려오기라도 한 것처럼 서정적인 낭만으로 가득 찼어. 달의 요정 같은 시야는 마법의 잠에 빠진 듯 눈을 감은 채 미동도 없었지. 태오는 평소완 달리 시야를 마음 놓고 빤히 바라봤어.

얼마나 지났을까. 시야가 마법에서 깨어나듯 눈을 떴어. 그러고는 태오를 마주 보며 달빛 조각 같은 서늘한 웃음을 지었지. 시야는 파란 눈과 갈색 눈으로 웃고 있었어. 만약 요정이 있다면 딱 이런 모습이지 않았을까 싶어 태오는 심장이 덜컥 멎는 것만 같았어. 정말이야. 심장이 떨어진 건 아닌가 하고 자기도 모르게 가슴을 쥐었으니까.

"가자. 이 정도면 됐어."

시야의 말에 태오는 비로소 정신을 차렸어. 지금 시야는 태오의 소꿉친구가 아니라 세계 최고의 해결사 Q로 여기에 와 있는 거야. 둘은 모기의 회오리바람을 천천히 벗어났어. 전기 파리채는 여전히 빙글

빙글 돌고 있었지. 뜨거운 맛을 본 탓인지 모기들은 시아와 태오가 탄 차량을 쫓아올 생각이 없어 보였어.

"그런데 이게 효과가 있을까?"

"응? 뭐가?"

"방금 어마어마한 숫자의 살인 모기를 잡긴 했지만…. 모기는 금세 또 알을 낳고 더 빠른 속도로 번식할 거잖아."

"그러겠지?"

"우리가 모기를 죽이는 것보다 더 빠른 속도로 모기가 늘어날 텐데 매번 이렇게 모기를 잡으러 다닐 순 없잖아. 아니, 우리 둘이 아무리 열심히 다녀도 모기를 다 없애는 건 불가능해."

"모기를 다 없앨 수 있다는 생각은 안 해봤는걸?"

"응? 그럼, 우리 조금 전에 뭐 한 거야?"

"보여주기. 모기왕이라면 틀림없이 어딘가에서 우리를 봤을 거야."

"그럼, 애초에 모기를 잡는 게 아니라 모기왕의 관심을 끄는 게 목적이었던 거야?"

"응. 모기왕으로 불렸던 아이는 미라로 발견됐어. 하지만 여전히 모기왕으로 보이는 누군가가 살인 모기떼를 이끌고 있잖아. 새로운 모기왕이 남자인지 여자인지, 아이인지 어른인지 우리에게는 아무런 정보가 없어. 모르는 존재를 찾을 수는 없지. 그렇다면 모기왕이 우리에게 제 발로 찾아오도록 만들어야지."

"모기왕을 유인한다고? 그건 좋은 생각 같지 않아. 너무 위험해. 그냥 멀리 떨어진 곳에 숨어서 지켜보면 안 돼?"

"어차피 언젠가는 만나게 될 건데 뭐 어때? 그리고 알프레도 아저씨가 만든 차 안에 있으면 안심해도 돼."

들어보니 틀린 말이 아니야. 하지만 태오는 알 수 없는 불안한 느낌을 지울 수 없었어.

"처음에 의뢰를 받았던 해결사들은 모기왕을 쉽게 찾아냈을 거야. 모기왕은 굳이 숨을 생각 없이 당당히 돌아다녔으니까. 하지만 해결사들은 살인 모기에 완벽한 대비를 못 했을 테니 손도 못 쓰고 당했을 거야. 모기왕이 볼 때 예전 해결사와 우리는 확실히 다르다는 걸 분명히 느꼈겠지."

"만약 모기왕이 안 나타나면 어떡해?"

"태오 너라면 쿨쿨 자고 있는데 모깃소리가 귓가에 들리면 어떡할 거야?"

"불 켜고 잡아야지. 귓가에 왱왱거리는데 신경 쓰여서 어떻게 자."

"그래. 바로 그거야. 우리가 꼭 한여름 밤의 모기처럼 모기왕을 귀찮게 굴면 돼. 살인 모기떼가 나타날 때마다 쫓아가서 모기를 때려잡으면 모기왕은 어떤 기분이겠어?"

"짜증 나서 잠도 못 자겠지."

"맞아. 우리가 살인 모기를 잡는 귀찮은 모기가 돼서 모기왕을 괴롭히면 돼. 누가 이기나 끝까지 가는 거지. 재밌을 것 같지 않아?"

태오는 사실 하나도 재미없었지만, 이왕이면 모기왕이 인내심이 대단해서 끝까지 버텨주길 바랐어. 그러면 시야랑 이렇게 꼭 붙어서 오래오래 다닐 수 있으니까.

"난 눈 좀 붙일게. 어제 밤새 모기와 관련한 논문을 읽었더니 좀 피곤해. 너도 좀 쉬고 있어. 이제는 형사처럼 범인이 등장하기만을 기다리면 돼."

하지만 형사와 다른 게 하나 있어. 형사는 몰래 숨어서 범인이 나타나기를 기다려. 하지만 시야는 눈에 띄는 길 한복판에 차를 세웠어. 숨어서 범인을 기다리는 게 아니라 범인인 모기왕이 제 발로 나타나기를 기다리는 거지.

시야는 보조석 뒤로 건너갔어. 캠핑카처럼 개조된 특수 차량 뒤편에는 최신형 컴퓨터는 물론 침대와 탈의실, 간단한 샤워 시설까지 완벽하게 갖춰져 있었거든. 시야가 들어간 지 5분도 채 안 됐는데 안쪽에서 낮게 코 고는 소리가 들려왔어. 꼭 덩치 크고 순한 개가 주인 옆에서 세상 모르게 늘어져 자면서 코를 고는 것만 같았지.

더 웃긴 건 뭔지 알아? 시야는 코를 골며 자다가 자기 코 고는 소리에 놀라서 얼른 일어났다는 거야. 그러고는 잠에서 완전히 벗어나지 못하기라도 한 건지 주변을 두리번거렸지. 마치 여기가 어디이며 왜 여기 와 있는지 까먹은 것처럼 말이야. 그러다 태오와 눈이 마주치자 안심한 듯 다시 자리에 누웠어.

"태오-"

"응? 나 여기 있어."

"나 혼자서는 잘 못 자겠는데, 나 잠들 때까지 잠시만 옆에 있어 주면 안 돼?"

대답도 전에 태오는 이미 일어나서 시야에게 가고 있었어.

"고마워."

시야는 곁으로 다가온 태오를 보곤 배시시 웃으며 바로 잠에 빠져들었어. 시야는 평소에도 잠자리에 누우면 마치 숨겨둔 전원을 꺼버린 듯 바로 잠들곤 했지. 그런 시야가 연구실 맞은편 시야만의 영화관에서 태오와 영화를 볼 땐 어쩜 그렇게 눈을 반짝이며 영화가 끝날 때까지 집중하는지 모르겠어. 태오는 시야와 둘이서 몇 번 영화를 보다가 졸기도 했거든. 태오가 좋아하는 영화는 히어로가 막 날아다니며 악당을 한 놈도 남기지 않고 다 때려 부수는 거야.

시야는 처음부터 끝까지 평범한 사람들이 나와서 주먹질 한 번 안 하고, 그 흔한 자동차 추격 한 번 안 하고 이야기나 하다 끝나는 잔잔한 영화를 좋아해. 왜 정말 졸린 영화들 있잖아. 따분한 거. 재미없는 거. 하지만 시야가 재밌어하니까 그거면 됐어. 시야가 재밌어하고 즐거워하면 그걸로 충분해. 물론 태오는 몇 번 졸았지만.

"어딨어. 엄마, 엄마 어딨어."

시야가 잠꼬대했어. 잠든 모습은 아이큐 300을 훌쩍 넘기는 천재 소녀가 아니라 그냥 평범하고 귀여운 소녀 같아. 시야의 엄마는 세계적인 과학자였어. 한 분야에서 인정을 받는 것도 쉽지 않은데, 시야 엄마는 무려 물리와 화학, 그리고 수학 분야에서까지 최고로 꼽히는 수재였지.

시야 아빠는 대륙에서 손꼽히는 귀족 가문 출신이야. 이런 말은 좀 그렇지만, 어른들 말에 따르면 시야 아빠는 시야 엄마를 만나기 전까지는 망나니였대. 나쁜 말인 건 아는데, 그냥 망나니도 아니고 아주 개망나니였대. 여자 친구도 여럿이었고, 시야 할아버지와 툭하면 싸우는 철부지였대. 시야 엄마완 정반대로 공부는커녕 살면서 책 한 권이라도 처음부터 끝까지 다 읽은 걸 본 적이 없다고 했어. 그러다 시야 엄마를 만나 첫눈에 반해서 3년을 따라다녔대.

시야 아빠가 프러포즈를 어떻게 했는지 알아? 오로지 시야 엄마만을 위한 최첨단 연구실을 만든 걸 보여주며 결혼해달라고 했대. 무릎 꿇고 다이아몬드가 박힌 반지를 준 게 아니라 새로 지은 연구실을 가리고 있던 가림막을 치우면서 결혼하자고 했대. 맞아. 지금 시야가 종일 틀어박혀 있는 그 연구실이 시야 아빠가 시야 엄마에게 건넨 프러포즈 선물이야.

시야도 연구를 좋아하긴 했지만, 그곳은 엄마 아빠와의 추억이 새겨진 곳이니까 시야는 웬만하면 밖으로 나오지 않았어. 어느 날 시야 엄마가 갑자기 실종됐거든. 시야 아빠는 연기처럼 사라진 시야 엄마를 찾아 떠났어. 시야는 여덟 살 무렵부터 지금까지 쭉 혼자 지냈어. 집사인 알프레도 아저씨와 태오마저 없었다면 시야는 연구실에서 단 한 발짝도 움직이지 않았을 거야.

시야가 위험한 일을 도맡아 하는 해결사가 된 이유도 사실 엄마를 찾기 위해서야. 의뢰를 받고 해결하러 나간다는 핑계로 전 세계를 누비는 거, 사실 엄마를 찾기 위해서라는 걸 태오는 알아.

"엄마…."

나쁜 꿈을 꾸기라도 하는 건지 시야는 엄마를 부르며 눈물을 흘렸어. 깨어있을 땐 애늙은이처럼 160여 년 전 클래식을 얘기하거나 시를 암송하고, 눈이 빠질 것 같은 작은 글씨가 득실득실한 책에 파묻혀 있는 시야였지만, 엄마를 부르며 우는 걸 보니 영락없는 아기 같아. 어쩔 수 없잖아. 누구에게든 엄마가 필요해. 설령 그게 세계 최고의 아이큐를 가진 데다 난공불락의 성과 같은 대저택에 사는 최고의 해결사 Q라 해도 말이야.

태오는 시야의 눈물을 닦아주려 하다가 멈칫했어. 어릴 때 둘은 몰려다니며 온갖 장난을 치는 동네 악동이었어. 어찌나 개구쟁이였는

지 시야와 태오를 두고 이웃들은 '비글 형제'라 부르곤 했지. 왜 있잖아, 악마견이라고 불리는 비글 말이야. 사실 비글은 착한 아이들인데, 활동량이 어마어마한 데다 바닥나지 않는 체력을 자랑하는 작고 튼튼한 개야. 비글은 호기심이 많은데 체력까지 좋으니 여기저기 들쑤시고 다니면서 일을 만들긴 해. 그래서 감당하기 어렵다는 의미로 '악마견'이라 부르지.

어릴 적 시야는 여자애가 아니라 태오와 형제, 그것도 비글 형제라고 불릴 정도로 천방지축 말썽꾸러기였어. 동네 웬만한 남자아이들보다 시야가 훨씬 더 엉뚱하고 상상을 초월하는 일을 벌이곤 했거든. 그런데 시야 엄마가 갑자기 사라지고 아빠마저 집을 비우게 되면서 시야의 성격은 180도 바뀌었어. 이제 시야는 비글도, 태오의 형제도 아니었어. 연구실에만 틀어박혀 있으니 남자아이 같던 짧은 머리는 어느새 허리에 닿을 정도까지 길게 자랐어.

어릴 땐 시야가 태오보다 힘이 더 셌는데, 이제는 둘이 나란히 서면 태오가 시야보다 한 뼘쯤 더 키가 커. 태오는 여전히 비글처럼 산으로 들로 쏘다니고 잠시도 가만히 있지 못하는 활동적인 성격이라 친구 중에서 가장 빠르고, 가장 높이 뛸 수 있었지. 어떤 운동을 하든 다들 태오를 자기편으로 데려가려고 했어. 태오와 같은 팀이 되면 누구와 붙더라도 이길 수 있었으니까.

태오가 한낮의 태양 아래에서 쉬지 않고 뛰어다니는 싱그러운 여름 같았다면, 시야는 처마 그늘에 소복이 쌓인 흰 눈을 떠올리게 했어. 여름의 소나기는 시끄럽지만 시원하잖아. 태오는 소나기처럼 활동적이었고 비 온 뒤처럼 뒤끝 없고 담백한 성격이었어. 시야는 겨울에 내리는 흰 눈처럼 고요했지.

어느 날 시야가 태오에게 눈이 내리는 소리를 들어본 적 있느냐 물었는데, 태오는 눈이 내릴 때도 소리가 난다는 걸 이해하지 못했지. 아니, 눈이 내리는데 집에 가만히 앉아 있을 수 있다고? 눈이 내리는 소리를 왜 듣고 있어? 눈이 오면 누구보다 먼저 나가서 첫 발자국을 남기고 눈사람을 만들거나 눈싸움을 해야지. 눈이 아직 안 쌓였다고? 그럼 어때? 눈이 쌓일 때까지 눈을 맞으며 뛰어다녀야지. 물론 태오는 이런 생각을 입 밖에 내지 않았어. 그냥 '눈도 소리가 있어?'라고 묻고 말았지.

시야는 겨울 아이였어. 시야의 머리가 길게 자랄 만큼 시간이 흐르고 난 후, 시야에게서는 태오나 다른 남자아이와는 다른 냄새가 났어. 쌓인 눈 위에 꽃이 핀다면 아마 그렇게 서늘한 향기가 나지 않을까 싶었어. 시야는 정말 겨울꽃이라도 된 건지 옛날 비글 형제였을 때처럼 태오를 힘으로 이기려고도 하지 않았어.

시야는 완전히 달라졌어. 어느덧 뜨거운 여름 소년인 태오는 서늘한 겨울 아이인 시야를 좋아하고 있다는 걸 깨달았어. 그래서 시야가 잠결에 울고 있는데도 선뜻 손을 내밀어 눈물을 닦아주지 못했지. 태오는 시야가 건넨 손수건이 아깝다며 소매로 땀을 쓱 훔치고 말았잖아. 손수건도 차마 못 쓰겠는데, 시야의 눈물을 닦아주려고 볼에 손을 대면 시야가 얇은 유리처럼 바사삭 부서져 버릴 것만 같았어.

비글 형제로 불렸던 어린 시절이었다면 시야는 울보라서 잘 때마저 운다고 놀렸을 게 뻔해. 눈물을 닦아준답시고 흙 놀이 하느라 더러워진 손으로 시야 얼굴에 흙을 쓱 발라줬겠지. 하지만 이젠 그럴 수 없어. 할 수 있는 거라곤 그저 바라보는 것뿐이야. 시야를 위해 해줄 수 있는 게 아무것도 없다는 생각이 들어서 태오의 마음이 조금 아팠어.

태오는 잠든 시야를 둔 채 방호복을 입고는 밖으로 나왔지. 바람이라도 좀 쐬고 싶었거든. 그런데 밖으로 나오면 안 되는 거였어. 시야를 혼자 둔 채 나오면 안 되는 거였어. 그렇게 끔찍한 일이 벌어질 줄 미리 알았더라면 태오는 결코 밖에 나오지 않고 시야 곁에 꼭 붙어있었을 거야.

예쁜 언니 불쌍해서 어떡해?

태오는 길을 따라 걸었어. 지평선에 무엇 하나 걸리지 않을 정도로 끝없이 펼쳐진 들판뿐이었지. 시야는 살인 모기떼가 도시에 도착하기 전 인적 드문 들판에서 모기들과 모기왕을 처리할 생각인 것 같아. 저 멀리 전기차 충전소가 보였어. 편의점 간판도 보였지. 태오는 시야를 위한 따뜻한 음료가 있을까 싶어 그쪽으로 향했어. 시야가 일어났을 때 머리맡에 달콤하고 따뜻한 라테 한 잔이 놓여 있다면 시야 기분도 한결 나아질 것 같았어.

그런데 가까이 갈수록 뭔가 좀 이상해. 지독할 정도로 조용하다고나 할까? 마치 빈 영화 세트장처럼 이질적인 느낌이었어. 비현실적

OK

인 고요가 태오의 온몸을 휘어 감았지. 전기차 몇 대가 충전기에 연결돼 있는데 인기척이 전혀 없었어. 맨 끝에 있는 차는 뒷문이 활짝 열린 상태였지.

가장 가까이 있던 차량에 다가가던 태오는 너무 놀라 저도 모르게 뒷걸음질 치고 말았어. 충전기 바로 뒤에 사람이 쓰러져 있는 게 보였거든. 차 안에 누군가 있는 듯했어. 태오가 허겁지겁 차 문을 열자, 차창에 기대 있던 사람은 힘없이 땅바닥으로 쓰러졌어. 차에 침투한 살인 모기에게 공격받는 동안 문을 열고 밖으로 나오려고 애쓴 게 분명해 보였지. 양 손가락 끝이 피투성이였거든. 하지만 모기 때문에 앞도 보이지 않는 데다 왱왱대는 소리 때문에 문손잡이를 찾지 못한 채 허우적거렸던 것 같아. 열리지 않는 차 문을 두드리며 손가락에 피가 날 때까지 차창을 긁어대다 끝내 숨진 것 같아.

너무 처참한 모습에 태오는 고개를 돌렸어. 하지만 다른 차도 상황은 다르지 않았어. 이미 한차례 살인 모기떼가 휩쓸고 지나간 뒤였지. 태오는 혹시 살인 모기가 아직 남아 있지는 않은지 주변을 살폈어. 혹시라도 생존자가 단 한 명이라도 있길 바라는 마음뿐이었지. 태오는 충전소 주변을 한 바퀴 돌았지만, 생존자는 보이지 않았어.

충전소 뒤쪽에는 냉동 창고가 있었는데, 창고 입구에도 누군가 쓰러져 있었어. 모기를 피해 창고로 숨으려고 뛰어가다 창고 바로 앞에서 목숨을 잃은 거야. 냉동 창고는 오랫동안 쓰이지 않은 듯 냉기가 전혀 없었어. 하지만 창고로 들어오기만 했다면 모기의 공격으로부터 안전했을 거야. 냉동고라서 창문도 없고 모기가 들어올 틈도 없이 밀폐돼 있었거든.

"혹시 누구 없어요?"

태오는 편의점에 들어가며 허공에 대고 외쳤어. 편의점 안은 난장판이었어. 진열대가 넘어져 물건이 온통 쏟아져 있었지. 구석에는 편의점 유니폼을 입은 직원이 벽에 비스듬히 기댄 채 고개를 푹 떨구고 앉아 있었어. 온몸은 퉁퉁 부어 있었고 핏기라곤 전혀 남아있지 않아 창백했지.

모기떼를 쫓느라 과자며 뭐며 손에 잡히는 대로 허공에 던지며 피하려고 하다가 구석까지 몰렸던 것 같아. 살인 모기떼가 휩쓸고 지나간 현장은 모니터로 볼 때보다 훨씬 더 끔찍했어. 영상이나 사진으로 볼 때는 믿기지 않는 꿈 같았지만, 실제 현장은 참혹한 현실이었으니까. 몸을 돌려 나가는데 저 안쪽에서 무슨 소리가 들렸어.

"거기 누구 있어요?"

태오의 말에 반응이라도 하듯 무언가 부스럭거리는 소리가 들렸지. 태오는 소리 나는 쪽을 향해 달려갔어. 문 너머에서 분명 무슨 소리가 들렸어. 태오는 문을 열고 들어가 주변을 둘러봤어. 식료품을 쌓아두는 작은 창고였지. 창문은 닫혀있었고 모기가 들어온 흔적은 보이지 않았어. 벽 구석에 철제 캐비닛이 있는데 아마 유니폼을 걸어

두는 옷장인 것 같아. 소리는 그 안에서 나고 있었지.

태오는 침을 꿀꺽 삼켰어. 조심스레 다가가 캐비닛의 손잡이를 잡았지. 약간 뻑뻑해서 쉽게 열리지 않았어. 그래서 모기가 들어가지 못했던 것일지도 몰라. 태오는 힘을 줘서 문을 열었어. 기분 나쁜 쇳소리와 함께 문이 활짝 열렸고, 안에는 겁에 질린 채 웅크리고 있는 여자아이가 있었어. 아이는 눈을 들어 태오를 쳐다봤어. 얼굴에는 말라붙은 눈물 자국이 선명했어.

"괜찮니? 어디 다친 데 없고?"

여덟 살? 아니면 아홉 살쯤으로 보이는 여자아이였어. 아이는 품에 분홍 토끼 인형을 꼭 안고 있었어. 머리를 양 갈래로 땋아서 빨간 리본으로 묶은 모습은 마치 인형처럼 귀여웠지. 조금 뻣뻣해 보이는 푸른색 원피스에 흰 양말을 신고, 반짝이는 검정 구두를 신고 있었어.

"너 혼자야? 엄마랑 아빠는?"

"차에 있어."

아이는 손을 들어 바깥을 가리켰어. 태오는 괜한 걸 물었다 싶었지. 바깥에 생존자는 아무도 없었으니까.

"여기 위험하니까 오빠랑 안전한 곳으로 가자."

그러자 아이는 태오를 빤히 바라봤어.

"괜찮아. 오빠 수상하거나 나쁜 사람 아니야."

"엄마가… 엄마가 아무나 따라가지 말라고 그랬어."

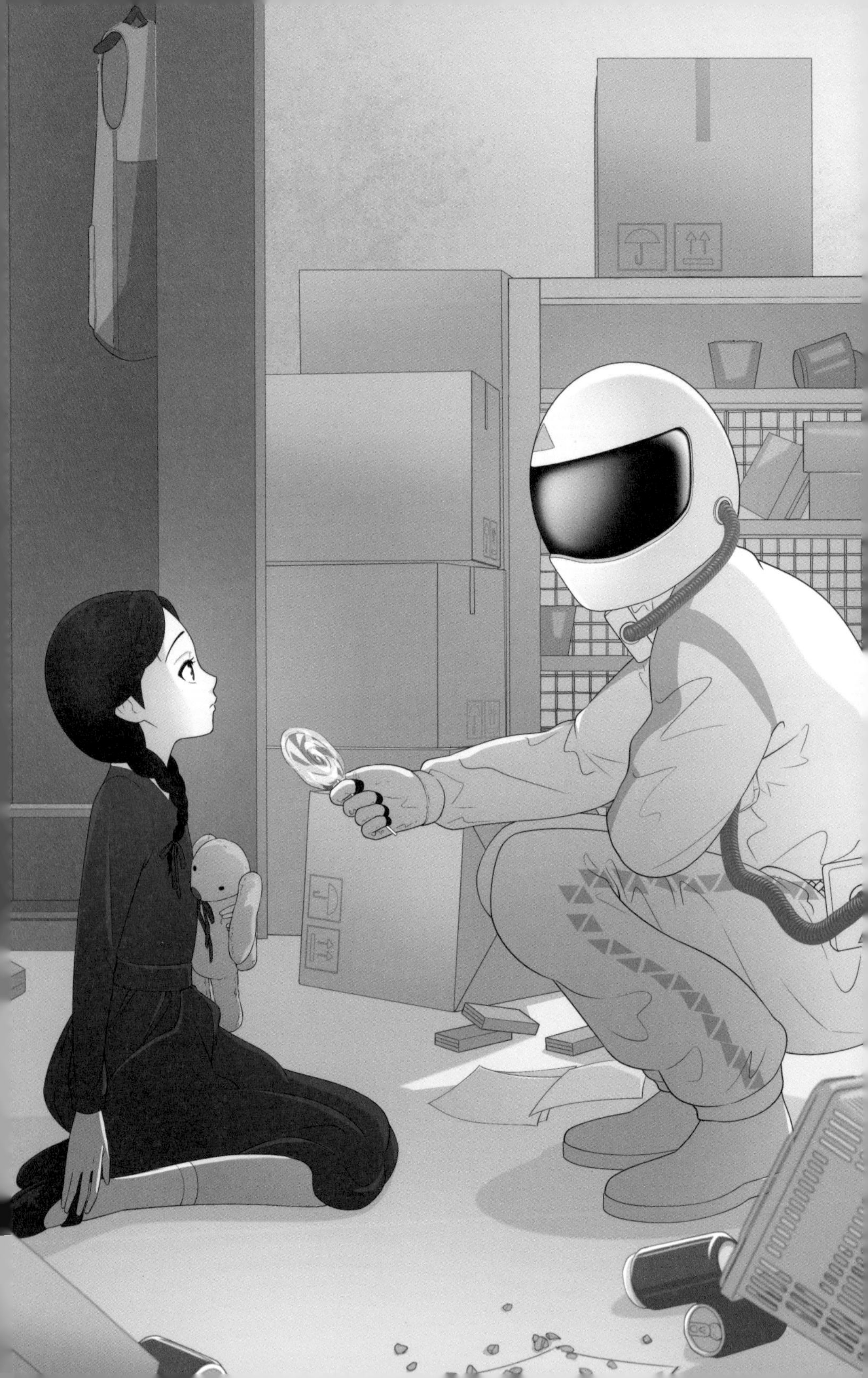

태오는 아이의 대꾸가 너무 귀여워서 픽 웃고 말았어. 태오는 선반에서 막대 사탕을 하나 가져와 아이에게 건넸지. 아이는 사탕을 받았지만 먹지 않고 그저 바라보고만 있었어.

"괜찮아. 먹어도 돼."

"안 돼. 계산한 다음에 먹어야 해."

그제야 태오는 아이가 왜 사탕을 바라만 봤는지 알게 됐어. 태오는 편의점 직원의 시체를 아이가 보지 못하도록 아이의 시선을 몸으로 가린 채 카운터로 갔어. 지갑을 꺼내려 하는데 생각해 보니 방호복을 벗어야만 했지. 태오는 잠시 고민에 빠졌어. 아까 시야와 태오의 공격으로 살인 모기떼가 물러가긴 했지만 언제 또다시 나타날지 알 수 없었으니까.

태오는 시야가 기다리는 차까지 얼마나 걸릴지 가늠해 봤어. 걸어서 20분은 걸리는 거리야. 그 사이 모기가 나타나면 방호복을 입은 자기는 안전하지만, 아이는 위험할 수밖에 없어. 이렇게 작은 아이가 모기를 피해 빨리 뛰지도 못할 테고, 차에서 여기까지 오는 길에는 딱히 몸을 숨길 곳 하나 없는 허허벌판이었으니까.

지잉 – 지이잉 –

그때 전화가 울렸어. 아마 시야일 거야. 일어나서 태오가 안 보이니 전화했을 거야. 하필 전화기도 지갑과 함께 안주머니에 있어. 방호복 안에 말이야. 태오는 바깥을 살폈어. 일단 자신이 입은 방호복을 아이에게 입힌 후 밖에 충전 중인 전기차 중 아무거나 타고 시야가 있는 곳까지 전속력으로 달려가면 될 것 같아. 걸어서 20분이지만 차를 타고 달리면 2~3분 안에 충분히 갈 수 있으니까. 혹시라도 모기떼가 등장하면 시야에게 전기 파리채로 쫓아 달라고 부탁하면 될 것 같았어.

태오는 주섬주섬 방호복을 벗기 시작했어. 지갑부터 꺼내 카운터 위에 동전을 올려 두었지. 그 모습을 본 아이는 그제야 포장을 까고 사탕을 입에 쏙 넣었어. 어찌나 귀여운지 태오는 저도 모르게 웃음이 터졌어. 이런 아이들까지 공격하는 살인 모기떼나 모기왕을 빨리 찾아야겠다는 생각도 들었지.

"태오? 태오?"

잠에서 깬 시야는 눈을 뜨자마자 태오를 찾았어. 하필 너무 끔찍한 꿈을 꿨거든. 꿈에서 태오는 살인 모기에게 쫓기다 온몸이 모기에 휩싸인 채 쓰러졌어. 태오는 기어서라도 시야에게 오려고 했지만 계속 피를 빨리면서 힘이 빠져 가는지 시야를 향해 간신히 손을 내미는 게 전부였어. 시야는 태오의 손을 잡으려고 했지만 손이 닿질 않았지. 태오에게 달려가려고 하면 할수록 시야는 뒤로 밀려났거든. 시야는 태오에게서 점점 멀어지고 있었어. 모기에게 새까맣게 뒤덮인 순간에도 태오의 눈동자만큼은 선명했어. 태오는 슬픈 눈으로 시야를 바라보며, 있는 힘을 다 쥐어짜 마지막 말을 남겼어.

"시야, 날 버리는 거야? 너 혼자 살겠다고 날 버려두고 도망가는 거야?"

그 말만을 남긴 채 태오의 고개는 푹 꺾였어. 그러기를 기다렸다는 듯 수십만 마리의 모기떼가 태오를 덮어서 봉긋한 무덤처럼 솟아올랐지. 시커멓게 솟아오른, 모기가 득실대는 살아있는 무덤 같았어. 시야는 꿈에서 비명을 질렀어. 엄마와 아빠에 이어 태오마저 잃을 수는 없었으니까. 시야는 어떻게 해서든 앞으로 한 걸음이라도 떼려고 안간힘을 쓰다가 잠에서 깼어. 일어나자마자 태오를 찾았지만, 태오는 곁에 없었지.

"태오? 너 어딨어? 장난치지 마."

불안함이 몰려왔어. 시야는 서둘러 보조석으로 가 전화기를 집어 들었어. 태오는 전화도 받지 않았지. 시야는 문에 꽂혀 있던 뿔테 안경을 썼어. 침착해야 해. 침착해야만 해. 침착하기만 하면 답을 찾을 수 있어. 하지만 마음과 달리 손이 덜덜 떨려왔어. 꿈에서 만난 태오는 살인 모기에게 피를 빨려 결국 죽고 말았어. 자기를 두고 가지 말라고, 버리고 가지 말라고, 제발 혼자 내버려두지 말라고 원망하며 죽어갔어.

시야는 꿈이 현실이 되어버릴까 너무 무서웠어. 고무줄을 찾아 머리를 묶으려 했지만, 손이 덜덜 떨려서 머리를 제대로 묶기 어려웠어. 몇 번을 그러다 시야는 고무줄을 놓고 손으로 이마를 짚었어. 손목에서 맥박이 느껴졌어. 심장이 뛰는 게 느껴져. 이렇게 팔딱팔딱 뛰다가 심장이 터져버릴 것만 같아. 가만히 앉아 있을 뿐인데 온 힘을 다해 달리기하고 난 다음처럼 심장이 뛰고 있었어.

시야는 심호흡했어. 숨을 들이쉬고, 내쉬고, 들이쉬고, 내쉬고를 반복하니 조금은 마음이 진정됐어. 시야는 생각에 집중했어. 태오는 방호복을 입고 나갔으니 설령 살인 모기를 만나도 아무 일 없을 거야. 시야는 운전석을 바라봤어. 태어나서 지금까지 단 한 번도 운전을 해 본 적이 없어. 하지만 태오에게 무슨 일이라도 생겨서 당장 태오에게 달려가야 한다면? 꿈에서처럼 태오가 살인 모기에게 공격을 받고 있다면? 시야는 망설이지 않고 운전석에 앉았어. 차량 모니터를 터치해 운전 매뉴얼을 띄웠지.

시야는 빠른 속도로 운전 매뉴얼을 훑어 내려갔어. 시야가 매뉴얼 한 페이지를 읽는데 2초가 채 걸리지 않았어. 그뿐만이 아니야. 2초 안에 한 페이지를 읽고 모조리 외울 수 있었어. 1백 페이지 남짓한 매뉴얼을 다 읽고 모조리 외우는데 3분이면 충분했지. 시야는 심호흡을 한 후 운전대를 잡았어. 마침 전화가 울렸어.

"태오? 태오야? 너 말도 없이 대체 어디 간 건데?"

"태오 군이 아니라 죄송합니다. 전 알프레도입니다."

"아, 아저씨구나."

시야의 마음은 기대에서 실망으로 바뀌었어. 알프레도 아저씨와 통화하면서도 시야의 눈은 모니터에 꽂혀 있었지. 방호복에는 GPS가 내장돼 있다는 게 떠올랐어. 위치 추적을 해보니 1.5킬로미터 가량 떨어진 곳에서 태오의 신호가 반짝이고 있었어. 지도를 보니 충전소와 편의점 위치야. 시야가 운전한다 해도 잠깐이면 갈 수 있을 거리였지. 시야는 그제야 놀란 가슴을 쓸어내렸어.

"설마 했는데, 캠핑장 인근에서 실종자가 있을 거라는 건 어떻게 아셨나요?"

"뭐가 나왔어요?"

"캠핑하던 젊은 부부가 있었는데, 부부의 어린 딸이 실종된 걸로 보인다고 합니다. 부부는 모기에게 습격당했는데 아이만 감쪽같이 사라졌다고 하네요."

"실종자 정보는요?"

"메시지로 방금 보내드렸습니다."

알프레도 아저씨가 보낸 실종자 정보가 화면에 떴어. 시야는 태오에게 실종된 여자아이, 그러니까 새로운 모기왕으로 의심되는 아이의 사진을 전송했어.

♦♦♦

“옷이 너무 커서 불편하지? 조금만 참아. 얼른 안전한 곳으로 데려다줄게.”

태오의 방호복은 아이에게 너무 컸어. 꼭 이불을 뒤집어쓴 것 같았지. 방호복이 질질 끌려서 걷는 것도 불편해 보였어. 방호복 때문에 아이의 걸음이 느려지면 아무런 보호 장비가 없는 태오가 위험해질 수밖에 없지. 고심 끝에 태오는 방호복을 걸친 아이를 안아 올렸어. 아이는 태오의 목을 두 손으로 감싸안으며 태오 품에 폭 안겼지.

띠링 –

메시지가 도착했어. 시야가 보낸 거야.

‘새로운 모기왕으로 보이는 아이 사진 확보.’

띠링 –

사진 파일이야. 클릭하니 여자아이 사진이 떴어. 새로운 모기왕. 양 갈래로 땋은 머리에 빨간 리본, 푸른색 원피스에 흰 양말, 검정 구두를 신고 분홍 토끼 인형을 끌어안은 채 웃고 있는 아이의 사진. 태오는 너무 놀라 숨이 멎을 것 같았어.

“오빠, 뭐 봐?”

태오의 목을 두 팔로 꼭 감싸고 있던 아이가 웃으며 물었어.

“어? 이거 내 사진이네?”

태오는 왼쪽으로 고개를 돌렸어. 조금 전까지만 해도 눈물로 얼룩진 채 부모를 잃은 슬픔에 빠져있던 꼬마는 어느새 세상에서 가장 재미난 놀이를 하고 있다는 듯 가지런한 치아를 드러낸 채 활짝 웃고 있었지. 빨간색 막대 사탕을 빨아 먹어서 그런지 아이의 치아와 입 주변은 꼭 피범벅이 된 것처럼 빨갛게 물들어 있었어. 마치 조금 전에 누군가의 목덜미라도 물어뜯은 것처럼 보였지. 아이는 시뻘겋게 물든 가지런한 이를 드러내며 웃었지.

"어떻게 알았어? 내가 새로운 모기왕인 거?"

모기왕을 안고 있는 태오의 팔뚝에 오소소 소름이 돋았어.

"근데 오빠는 착한 거야, 멍청한 거야? 나한테 방호복을 줬다가 모기라도 만나면 어떡하려고 그래?"

태오 품에 안긴 모기왕은 여전히 태오의 목을 두 팔로 감싸고 있었어. 시뻘겋게 번득이는 치아를 보고 있으려니 당장이라도 태오의 목을 물어뜯을 것만 같은 공포가 밀려왔어. 태오는 저도 모르게 모기왕을 안고 있던 팔을 풀어버렸어. 하지만 모기왕은 두 팔로 여전히 태오에게 매달려 있었지.

"이, 이거 놔! 이거 놓으라고!"

태오는 악을 쓰듯 소리 지르며 자기 목을 감싼 모기왕의 팔을 풀려고 힘을 줬어. 모기왕의 외모는 어린 여자아이였지만, 태오의 목을 감싼 양팔은 깊게 뿌리박힌 나무처럼 꿈쩍도 하지 않았어. 되려 태오

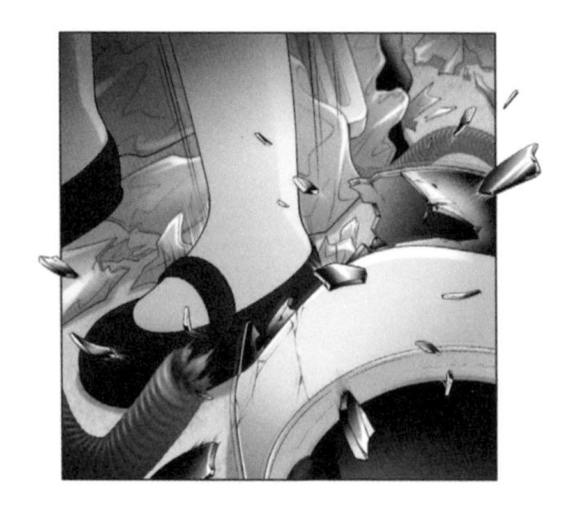

의 힘이 빠질 지경이었지.

"뭐야, 벌써 내가 싫어진 거야? 이거 실망인데?"

모기왕은 비릿한 웃음을 흘리더니 팔을 풀고 태오의 품에서 가볍게 뛰어내렸어. 그러고는 마치 허물이라도 벗듯 방호복을 천천히 벗어버렸지.

"아까 보니 오빠 차 근사하더라? 우리 귀여운 모기들을 엄청나게 괴롭히던데?"

모기왕은 바닥에 허물처럼 널브러진 방호복을 집더니 양손으로 죽 찢어버렸어. 방호복은 특수 섬유로 제작한 거라 어른 두 명이 양팔 소매를 잡고 있는 힘껏 잡아당겨도 실밥 하나 뜯을 수 없을 만큼 질기고 강했어. 그런데 모기왕은 방호복을 색종이 찢듯 손쉽게 찢어버렸지. 그것만으론 부족했는지 발을 들어 방호복의 머리 부분을 힘껏 밟아버렸어. 위치 추적 장치가 부착된 투명 고글이 박살 나버렸어.

"오빠 혼자서 한 거 아니지? 차에 누구 또 있지? 내 사진도 그 사람이 보내준 거 맞지?"

태오는 저도 모르게 뒷걸음질 치고 있었어. 깊은 숲속 오솔길에서 커다란 곰을 맞닥뜨렸어도 이보다 무섭지는 않았을 거야.

"전화해. 빨리 오빠 데리러 오라고. 혹시 또 모르잖아? 오빠가 살 수 있을지도?"

조금 전까지만 해도 귀여운 인형처럼 느껴졌던 아이가 이제는 태오를 비웃는 악마처럼 느껴졌어. 태오의 전화가 울렸어. 전화기 화면에는 턱을 괸 채 골똘히 생각에 잠긴 시야의 사진이 떴어. 시야 몰래 태오가 찍어서 저장한 사진이야. 시야에게 전화가 오면 시야의 모습이 뜨도록 말이야. 그런데 하필 모기왕 바로 앞에 있는 지금, 시야가 태오에게 전화한 거야.

"뭐 해? 안 받고?"

모기왕은 생글생글 웃으며 말했어. 소리 지르고 화내는 것보다 웃는 게 더 무서웠어.

"어머, 예쁜 언니네?"

전화는 여전히 구슬프게 울고 있었어. 태오는 서둘러 통화 종료 버튼을 눌렀지.

"왜? 전화 안 받을 거야? 언니가 걱정할 텐데?"

하늘 저편에서 시커먼 먹구름이 몰려왔어. 먹구름은 점점 가까워졌지. 하지만 비를 머금은 진짜 먹구름은 저렇게 빨리 움직이지 않아. 비가 아닌 죽음을 몰고 다니는 살인 모기떼야.

"언니가 불쌍해서 어떡해? 언니를 두고 남자 친구가 먼저 죽어버려서?"

앵앵거리는 소리로 귀가 따가웠어. 살인 모기떼는 모기왕 머리 바로 위에서 당장이라도 튀어 나가려고 시동을 거는 듯 바르르 떨고 있었지.

"하지만 오빤 외롭지 않을 거야. 언니가 오빠 시체를 발견하면 놀란 나머지 차에서 뛰쳐나오겠지? 그럼, 오빠랑 언니는 금방 다시 만나게 될 거야."

태오는 뒤돌아 뛰기 시작했어. 등 뒤에서부터 서늘한 바람이 몰아쳤어. 모기의 날갯짓이 거대한 바람을 만들어내고 있었거든. 뛰는 와중에도 태오는 주변을 살폈어. 모기왕이 숨어서 기다리던 철제 캐비닛은 태오가 들어가 숨기엔 너무 좁았어. 방호복을 손쉽게 찢는 걸 볼 때 모기왕은 캐비닛 문짝 따위는 어렵지 않게 뜯을 수 있어 보였지. 밖에 있는 차 안에 숨어봤자 소용없어. 일반 차량은 완전히 밀폐된 공간이 아니라서 모기가 얼마든지 들어올 수 있으니까.

뒤돌아보지 않아도 살인 모기가 바로 뒤까지 쫓아온 걸 알 수 있었어. 운동장에서 술래를 피해 도망가는데 술래가 내 머리 바로 뒤에서 헛손질을 할 때의 느낌, 술래의 손이 내 머릿결을 스쳐 지나갈 때의 느낌 있잖아. 모기가 날갯짓할 때 이는 바람이 뒤통수에 고스란히 느껴졌어. 태오의 뒷목에 소름이 돋았지.

죽을힘을 다해 뛰던 태오는 아까 봤던 냉동 창고를 떠올렸어. 태오는 방향을 틀어 날듯이 뛰어서 창고에 들어서자마자 문을 잡아당겼어. 이 문만 닫으면 아무리 살인 모기라 해도 결코 들어올 수 없을 거야. 창문도 없고 냉동고 문은 일반 문보다 훨씬 육중하고 단단하니까 살인 모기든 모기왕이든 별수 없을 것 같았어. 어떻게든 조금만이라도 버티면 시야가 달려와 줄지도 몰라. 일단 창고에 몸을 숨긴 다음에 시야에게 전화로 이 상황을 설명하면 돼. 그러니까 문만 닫으면.

"어?"

하지만 문이 닫히지 않았어. 태오는 다시 한번 있는 힘껏 문손잡이를 잡아당겼지. 그래도 문은 닫히지 않았어. 태오는 아래를 내려다봤어. 살인 모기를 피해 냉동 창고로 피신하려다 문 바로 앞에서 쓰러진 사람, 그 사람의 팔이 문틈에 끼어있었어. 쓰러진 사람은 눈도 감지 못한 채 숨이 멎은 상태였지. 부릅뜬 눈이 태오의 눈과 마주쳤어. 손을 뻗어 창고 문을 닫지 못하게 막고 있는 사람은 태오의 눈을 마주보며 꼭 이렇게 말하는 것 같았어.

'날 버리는 거야? 너 혼자 살겠다고 날 버려두고 도망가는 거야?'

그 남자는 나도 당했으니, 너만 살게 내버려둘 수 없다는 듯 문을 닫지 못하도록 잡고 있는 것만 같았어. 이미 죽어버린 사람이 태오의 발목을 잡아채 죽음의 강으로 끌어들이려는 것만 같았어. 갑자기 얼굴에 서늘한 바람이 들이쳤어. 어느새 열린 문틈으로 모기떼가 따라 들어온 거야. 태오는 황급히 안쪽으로 달아났지만 이내 벽에 닿고 말았지. 수만 마리의 모기떼가 열린 문틈으로 들어와 입구를 막아섰어.

조금 뒤 문이 열리더니 모기왕이 나타났지.

"이제 어떻게 할 건데?"

모기왕은 배시시 웃었어. 태오는 입술을 깨물었지. 이제는 끝이야. 정말 끝이야. 죽기 전에 시야의 웃는 얼굴을 단 한 번이라도 볼 수 있다면 바랄 게 없을 것만 같아. 곁에 있을 때 한 번이라도 더 바라볼걸. 시원하게 차이더라도 좋아한다고 말이라도 해볼걸. 후회가 파도처럼 밀려왔어.

태오는 다 틀렸다는 생각에 고개를 숙였지. 그때 태오의 눈에 냉동고 조작 버튼이 보였어. 태오는 생각할 겨를도 없이 버튼을 눌렀지. 그러자 창고의 커다란 모터가 웅웅거리며 돌아가기 시작했어. 태오는 온도를 영하 20도까지 낮췄어. 최대한 빨리 차가워져야 했으니까.

"어머, 그런 방법이 있었네?"

모기왕은 팔짱을 끼고 선 채 태오를 쳐다봤어. 냉기가 쏟아지기 시작하자 모기들도 쉽사리 접근하지 못했지. 비록 출입구가 열려 있다곤 해도 강력한 냉기가 꼭 보호막을 친 것처럼 태오를 둘러싸기 시작했어. 살인 모기들은 태오에게 더 이상 가까이 다가서지 못하고 제자리를 맴돌았어.

간혹 무모하게 날아들던 모기들은 냉기를 버티지 못하고 바닥으로 툭툭 떨어지고 말았지. 하지만 모기만 고통스러운 게 아니었어. 갑작스러운 냉기는 모기뿐만 아니라 태오에게도 괴로울 수밖에 없었어.

숨을 내쉴 때마다 하얀 입김이 뿜어져 나왔지. 살인 모기의 공포와는 또 다른 추위의 습격으로 온몸이 덜덜 떨렸어.

"근데 오빠, 모기한테 물리기 전에 오빠가 얼어붙을 것 같은데? 나 그냥 여기 서서 오빠가 쓰러지는 것만 기다리면 되는 거야?"

정신이 흐릿해졌어. 태오는 바닥에 주저앉아 몸을 웅크렸지. 이러지도 저러지도 못하는 상황이야. 구석에 몰려 빠져나갈 구멍이 없어. 너무 추웠지만 그렇다고 냉동 장치를 멈추면 살인 모기가 바로 달려들 게 뻔했지.

"아우, 추워. 안 되겠다. 밖에서 기다려야지."

모기왕은 진저리를 내면서 밖으로 나갔어. 모기들도 모기왕을 따라 쏜살같이 밖으로 빠져나갔지. 모기왕은 열린 문틈을 통해 지루한 표정으로 안을 살피고 있었어. 태오가 어서 빨리 쓰러지기만을 기다리는 듯했어. 태오의 눈꺼풀이 파르르 떨렸어. 잔뜩 웅크렸지만, 체온이 뚝뚝 떨어지는 게 느껴졌지. 태오의 눈이 감겼어. 태오의 마지막 짧은 숨은 하얀 연기로 변해 공중에 흩어졌어. 밖에서 무언가 시끄러운 소리가 나는 것 같았지만, 태오는 이제 아무 소리도 들을 수 없었어.

너니? 내 친구를 괴롭힌 못된 꼬마가?

구석에 처박혀 있던 모기왕은 인상을 찌푸리며 몸을 일으켰어. 선반에서 흘러내리는 오렌지 주스가 양 갈래로 땋은 모기왕의 머리를 축축하게 적신 후 볼을 따라 흐르고 있었어. 밖을 보니 눈에 익은 차가 보였지. 모기왕은 오른손을 들어 눈가에 대고 밖을 살폈어.

"30? 아니 40미터쯤 날아온 건가?"

모기왕은 몸을 툭툭 털며 일어섰어. 분명 모기왕은 방금까지만 해도 태오가 차디차게 식어가는 걸 문틈 너머로 구경하고 있었거든. 그런데 시커멓고 커다란 차가 미처 피할 틈도 없을 정도로 무지막지하게 달려와 냉동 창고 밖에 서 있던 모기왕을 그대로 들이받아 버렸어.

그 충격으로 모기왕은 40미터쯤 날아가 편의점 벽을 뚫고 음료 진열대에 처박혔지. 오렌지 주스와 바나나 우유 등이 바닥으로 줄줄 흘러내리고 있었어.

모기왕이 공격당하자 살인 모기들이 차량에 몰려들었어. 하지만 아무런 위협이 되지 못했지. 거대한 전기 파리채가 솟아 나와 빙글빙글 돌기 시작했거든. 사방에서 불꽃이 튀며 모기들은 먼지가 되어 흩날렸어. 시야는 창고 안쪽에 쓰러져 있는 태오를 발견하고 한달음에 달려갔어.

"태오! 태오!"

시야가 태오를 흔들었지만, 태오는 아무런 반응을 보이지 않았어. 태오의 몸은 차디찼어. 시야는 고민할 겨를도 없이 자신이 입고 있던 방호복을 벗어서 태오에게 입혔어. 태오의 몸이 차갑게 굳은 데다 시야의 손가락도 추위 때문에 뻣뻣해져서 방호복을 입히는데 생각보다 오래 걸렸어. 시야는 방호복의 체온 조절 장치를 눌러 온도를 높였어. 그와 동시에 냉동고의 작동을 멈췄지.

방호복 내부는 금세 따뜻해졌지만, 태오는 정신을 차리지 못했어. 시야는 태오의 뻣뻣해진 팔다리를 온 힘을 다해 주물렀어. 냉동 창고에는 아직 냉기가 남아있었지만, 시야의 이마에는 송골송골 땀이 맺혔어. 하지만 태오는 여전히 아무 반응이 없었어.

"태오, 조금만 기다려 줘. 밖에 마무리하고 금방 다시 돌아올게."

시야는 태오의 손을 꼭 쥐었다가 놓았어. 시야는 태오 곁을 지키고 싶었지만, 그 전에 해결해야 할 일이 있었지. 바로 모기왕과 모기떼 말이야. 시야는 천천히 문을 향해 걸어 나갔어. 냉동 창고 문 바로 앞에는 시야가 나오기만을 기다리는 모기떼가 검은 안개처럼 뿌옇게 펼쳐져 있었지. 모기왕은 구멍이 뻥 뚫린 편의점 벽을 통해 밖으로 걸어 나왔어.

"예쁜 언니 왔네? 남자 친구는 좀 어때? 혹시 안 죽은 거 아냐?"

모기왕은 깔깔대며 웃었어. 시야의 두 눈이 분노로 이글이글 타올랐지.

"너니? 내 친구를 괴롭힌 게?"

"응? 아닌데? 냉동 장치에 손댄 건 저 오빠인데? 난 아무 짓도 안 했어. 그나저나 남자 친구가 아니고 그냥 친구야? 고작 친구 하나 구한답시고 죄 없는 나를 사정없이 차로 들이받은 거야?"

분노로 이글거리던 시야의 푸른 눈이 조금씩 차가워졌어.

"네가 누군지 아니까 들이받은 거야. 생각보다 멀쩡해 보여서 아쉽네. 그리고 '고작 친구 하나'가 아니라 '하나뿐인 소중한 친구'니까 말 조심해."

"언니는 내가 무섭지도 않아? 방호복은 왜 안 입고 있어?"

"나보다 내 친구에게 더 필요하니까."

"언니도 저 오빠랑 똑같구나? 착한데 바보야. 방호복을 남에게 벗

어주니까 저런 꼴을 당하지."

"넌 타인의 친절과 배려를 이용하는 정말 나쁜 아이구나."

"응? 그게 왜 그렇게 되지? 저 오빠가 착한 바보라면 언니는 그냥 바보인가 보다. 뭐가 무서운지 모르는 바보."

말이 끝나기 무섭게 한 무리의 모기가 모기왕 주위로 몰려들었어.

"걱정 안 해도 돼. 이건 개량한 아이들이라 죽을 정도로 피를 빨지는 않아. 다만 병을 옮길 뿐이지. 아, 맞다! 병에 걸려 시름시름 앓다가 죽을 수는 있겠구나?"

모기왕은 뭐가 그리 재밌는지 큰소리로 깔깔깔 웃었어.

"넌 이게 재밌니?"

시야가 차가운 얼굴로 맞받아치자 모기왕은 웃음을 멈추고 시야를 노려봤어. 시야는 눈을 피하지 않은 채 말을 이었지.

"너도 모기처럼 개량된 거니?"

모기왕은 똥이라도 씹은 것처럼 표정을 찌푸렸어. 시야는 제대로 짚었구나 싶었지.

"싱크홀 바닥에서 흙을 채집해 조사를 끝냈어. 땅속 얼음이 녹으면서 전혀 새로운 병원균이 발견됐는데, 또 다른 것도 있었지. 동물에게 기생하여 뇌를 조종할 수 있는 새로운 기생 생명체 말이야. 너도 그 새로운 생명체 중 하나겠지?"

"새로운 생명체? 웃기지 마. 우리가 인간보다 훨씬 먼저였어. 지구는 원래 우리의 것이었다고! 아니, 심지어 저 모기조차도 인간보다 먼저였어! 1억 7천만 년 전에 모기가 하늘을 날아다닐 때, 인간은 세상에 있지도 않았어. 우리가 볼 때 인간이야말로 뒤늦게 등장한 새로운 생명체에 불과해."

틀린 말이 아냐. 약 150만 년 전에 호모 하빌리스, 인간의 조상이 등장했어. 1억 7천만 년 전에 이 땅에 나타난 모기에 비한다면 까마득한 후배인 셈이지. 모기가 인간보다 백 배는 더 일찍 지구에 등장한 셈이니까. 하지만 뒤늦게 등장한 인간은 상상도 못 할 정도의 빠른 속도로 지구를 점령했어.

인간은 자연의 동물 중 몸집이 큰 편에 속해. 더구나 인간은 가장 많이 돌아다니는 동물이야. 이웃 나라가 궁금하다고 해서 펭귄이 얼음으로 뗏목을 만들어 대양을 건너지는 않잖아. 하지만 인간은 배를 타거나 비행기를 타고 대륙과 대륙을 왔다 갔다 해. 동물은 오직 먹이를 찾기 위해서 살던 곳을 떠나 낯선 곳으로 이동해. 이동하지 않으면 굶어 죽을 수밖에 없을 때 어쩔 수 없이 고향을 등지고 이동하는 거야. 먹을 것을 찾기 위해서가 아니라 깃발을 꽂기 위해서 산 정상에 오르는 동물은 인간이 유일해.

인간이 오간 바다와 산의 생태계는 파괴되고 바이러스가 전파되지. 바이러스는 혼자 힘으로 바다를 건널 수 없어. 인간에게 치명적인 전염병 역시 병원균에 다리가 달려서 택시를 타고 여기저기 퍼지는 게 아냐. 사람이 여기저기 다니기 때문에 전 세계로 병이 퍼지는 거야. 하지만 병에 대항하여 백신을 개발할 수 있는 인간과 달리 난생 처음 바이러스를 마주한 동식물들은 치명적인 병에 걸려 죽거나 심한 경우 멸종되기도 해.

"그래서, 모기보다도 더 늦게 나타난 새로운 생명체인 인간에게서 지구를 돌려받겠다는 거야?"

"아니. 새집에 들어가려면 청소부터 해야지."

"청소?"

"인간은 지구를 파괴하기만 하는 존재잖아. 그러니까 깨끗하게 치워야지. 전부 다."

"인간 따위는 모두 다 사라져도 괜찮다는 생각이구나?"

"그게 어때서? 왜 그러면 안 돼? 난 그냥 인간과 똑같이 행동하겠다는 것에 불과한데? 인간은 여기저기 다니면서 병을 옮기며 자연을 파괴하잖아. 모기들 역시 사람과 똑같이 여기저기 다니면서 병을 옮기고 도시를 파괴하겠다는 건데 뭐 문제 있어? 왜 인간은 되고 모기는 그렇게 하면 안 되는데?"

지구 온난화로 인해 땅 밑 얼음이 녹고, 극지방의 빙하 또한 녹아내리고 있어. 지구의 에어컨 코드가 뽑혀서 지구는 점점 뜨거워지고 있어. 지구의 온도가 1.5도만 올라도 인류는 생존 자체를 위협받게 될 거야.

"언니, 언니는 아프면 병원에 가지? 그리고 병에 안 걸리려고 미리 예방주사를 맞잖아? 백신 말이야. 난 지금 아픈 지구에 백신을 놓아주는 간호사 역할을 하겠다는 거야. 물론 지구에는 백신이고 인간에게는 치명적인 바이러스겠지만."

지구의 에어컨인 얼음이 다 녹아 버리면 땅속 깊은 곳에 묶여있던 탄소가 뿜어져 나와 하늘을 덮어버리고 말 거야. 탄소로 뒤덮인 하늘은 투명한 유리처럼 지구를 뒤덮는 지붕이 되겠지. 그러면 지구에 닿았던 뜨거운 태양 에너지가 탄소 지붕에 갇혀서 빠져나가지 못한 채 계속 쌓이면서 지구는 더 뜨거워질 거야.

극지방의 하얀 빙하와 얼음은 태양의 강렬한 빛을 반사하는 지구의 반사판 역할을 해왔어. 하지만 빙하와 얼음이 녹아내리면 짙은 푸른색의 바닷물은 뜨거운 태양 빛을 받는 족족 흡수해서 지구는 점점 끓어오를 거야. 그러면 빙하와 얼음은 더 빠른 속도로 녹아내리겠지. 나쁜 상황이 꼬리에 꼬리를 물고 계속 이어지는 거야.

"인간들은 그러겠지. 여름에 잠도 못 자게 귓가에서 왱왱거리며 피나 빨아대는 모기가 세상에서 없어져 버렸으면 좋겠다고 말이야. 인간은 자기보다 한참 선배님인 모기를 끔찍하고 쓸모없는 벌레 정도로 생각하잖아? 그런데 그거 알아? 해충이라고 무시당하는 모기조차 인간보다 더 많은 걸 자연에 돌려주고 있어. 당장 세상에서 모기가 사라지면 모기를 잡아먹고 사는 수많은 조류, 어류, 파충류, 양서류의 생존이 위협받겠지. 반면 인간은 어때? 단 한 번이라도 조류, 어류, 파충류, 양서류의 안전과 번식에 대해 생각해 본 적 있어? 오히려 자연의 법칙에 따라 도태되고 멸종되는 것보다 천 배나 더 빠른 속도로 지구상의 생물들을 멸종시키고 있잖아?"

"그래, 네 말이 맞아. 인간이 없어도 지구는 잘 돌아가. 오히려 인간이 없는 편이 지구에 더 좋을지도 모르지. 지구에 기상 이변이 발생해도 자연은 결국 스스로 해결할 테니까. 너 아까 지구를 위한 간호사 역할을 한다고 했지? 몸이 아파 열이 나는 건 내 몸에 침투한 나쁜 병균과 내가 싸우고 있다는 증거야. 지구가 뜨거워지는 건 분명 피할 수 없는 나쁜 상황인 건 맞지만, 지구 입장에서는 싸워서 건강해지려는 과정이야. '나 아파요, 열이 나는 거 보니까 어디가 안 좋은가 봐요!' 라고 보내는 신호니까, 이제는 신호를 받은 우리 인간들이 지구를 돌볼 거야."

"언니는 내 말을 전혀 못 알아들었구나? 지구에 나쁜 병균이 결국 인간이라니까? 어떻게 병균이 병균을 치료한다는 건데?"

"아냐. 달라. 지금까지의 인간은 우리의 행동이 지구를 아프게 만든다는 걸 몰랐어. 몰랐기 때문에 어리석은 행동을 많이 했지만, 이제는 알기 때문에 이전과는 다르게 행동하려고 해."

"변명하지 마. 너무 늦었어."

"아직 늦지 않았어. 기회는 있어."

"그래, 기회가 있다고 쳐. 하지만 인간들의 방식으로는 지구를 회복하는 데 너무 오래 걸려. 간단하고 빠른 방법을 놔두고 왜 멀리 돌아가야 해?"

"그래. 일리가 있어. 너 참 똑똑하구나."

시야는 갑자기 모기왕을 칭찬했어. 말로 시야를 이기려 들던 모기왕은 뜻밖의 칭찬에 눈을 동그랗게 떴지.

"하지만 똑똑한 너도 모르는 게 있어. 모르고 한 일과 알면서도 한 일은 완전히 달라. 축구하다 실수로 이웃집 유리창을 깼다면 가서 사과하고 변상하면 돼. 하지만 이웃이 싫어서 일부러 이웃집 창문을 깨는 건 전혀 다른 문제야. 모르고 저지른 일은 실수지만, 알면서도 저지르는 건 범죄거든. 인간이 없어도 지구에 아무런 문제가 없다고 해서 인간이 자신의 삶과 미래를 포기할 수는 없어. 그리고 인간은 뉘우치고 돌이키려고 해. 하지만 살인 모기로 인간을 공격하거나 너의 목적을 이루기 위한 도구로 모기를 이용하는 건 알면서도 자연을 파괴하는 것과 다를 게 없어. 인간이 자연을 파괴했다고 비난하지만, 모기도 자연의 일부야. 넌 지구에 도움이 안 되는 인간 따위는 다 없어져야 한다고 말하지만, 결국 너 역시 자연을 이용하는 범죄자일 뿐이야. 어떤 결과가 있을지 뻔히 알면서도 자연을 파괴하는 거니까."

"웃기지 마! 하찮은 인간 주제에, 어디에서 훈계질이야!"

시야는 픽 웃었어.

"훈계질이라니? 나보다 네가 훨씬 더 말을 많이 한 것 같은데? 훈계질한 건 너 아냐?"

시야는 차분해진 푸른 눈으로 모기왕을 바라봤어. 반대로 모기왕은 약이 오른 듯 잔뜩 화난 모습이었지.

"그래도 네가 한참이나 수다를 떨어준 덕분에 다행히 시간을 딱 맞췄어. 그 점은 고맙게 생각해."

시야는 밝게 웃으며 뒤를 돌아봤어. 저 멀리서 구급차 한 대가 전속력으로 달려와 시야 옆에 딱 멈췄지. 방호복을 입은 알프레도 아저씨가 구급차에서 내리더니 시야에게 여벌의 방호복을 건넸어.

"뭐야? 그까짓 구급차 한 대로 뭘 어쩌겠다는 거지?"

"구급차 한 대? 내가 겨우 구급차 한 대를 부르겠다고 지금까지 네 훈계를 참고 들어준 것 같아?"

시야는 손을 들어 하늘을 가리켰어. 하늘을 새까맣게 덮은 건 모기떼뿐만이 아니었어. 수십 대의 전투형 드론이 모기왕을 조준한 채 포위하듯 하늘에 떠 있었지. 뒤이어 새까만 차량이 줄줄이 등장했어. 머리부터 발끝까지 새까만 방호복을 입은 남자가 차에서 내렸지. 이번 사건을 의뢰한 검은 양복의 남자였어. 오늘은 검은 양복 대신 새까만 방호복을 입었지만.

"지각 아닌 거죠?"

시야는 새까만 방호복의 남자에게 엄지손가락을 척 들어 보였어.

OK

새까만 방호복의 남자는 빙글빙글 돌아가는 거대 전기 파리채를 보곤 감탄을 금치 못했어.

“저것 참 좋은 아이디어네요. 저희는 좀 원시적인 걸 준비했는데 말이죠.”

검은 차량에서 줄줄이 내린 이들은 끙끙대며 커다란 배낭 같은 걸 멨어. 꼭 커다란 진공청소기에 멜빵을 달아 짊어진 모습이었지. 진짜 진공청소기인가 싶게 길쭉한 호스도 달려 있었어. 설마 날아다니는 모기를 빨아들이려나 생각한 그때, 수십 미터에 달하는 불길이 허공을 갈랐어. 열댓 개의 불줄기가 하늘을 마구 휘저었지. 불줄기가 지나간 자리마다 모기들은 흔적도 없이 타버렸어. 검은 요원들이 메고 있는 건 화염방사기였어. 모기는 추위에 약하지만, 너무 더워도 힘을 쓸 수 없어. 더구나 더위와는 비교도 할 수 없을 만큼 강력한 화염방사기의 불길에는 어떤 생명체라도 살아남을 수 없지.

“이걸로 모기를 유인할 수는 없지만, 대량의 모기가 등장했을 땐 이만한 게 없더라고요.”

까만 방호복의 남자는 멋쩍게 말하며 웃었어. 불 쇼가 펼쳐지는 사이 알프레도 아저씨는 정신을 잃은 태오를 업어서 구급차로 옮겼어. 태오를 실은 구급차가 안전하게 떠나는 걸 확인한 뒤 시야는 새까만 방호복의 남자에게 당부하듯 말했어.

“모기는 어떻게든 대응할 수 있지만 저 꼬마가 문제예요.”

"처음부터 모기왕의 정확한 위치 확보가 의뢰였고, 그 뒤는 저희가 처리하기로 했으니 걱정하지 않아도 됩니다."

"아이의 모습을 하고 있다고 만만하게 보시면 안 돼요. 웬만한 공격에는 끄떡도 없을 테니까요."

"최초로 목격됐을 때 1,500미터 암벽을 맨손으로 오를 정도였으니 저희도 평범한 존재라고는 생각하지 않습니다. 나름 단단히 준비했고요."

"아뇨, 그 정도로는 부족해요. 저 꼬마, 2톤짜리 차에 치여 40미터를 날아가 편의점 벽을 부수고 구석에 처박혀도 상처 하나 없이 걸어 나올 것 같아서 그래요. 아, 제가 이미 그렇게 해봤다는 건 아니고 그냥 기분이 그렇다고요."

"에이, 설마요."

둘의 대화를 듣고 있던 모기왕은 코웃음을 치며 시야를 향해 걸음을 뗐어. 그때 드론에서 발사한 마취주사기가 날아와 모기왕의 어깨에 꽂혔어.

"저 마취주사기는 코끼리도 한 방에 기절시킬 수 있는 겁니다."

새까만 방호복의 남자는 자신만만하게 말했어. 하지만 모기왕은 비웃는 표정을 짓더니 어깨에 박힌 마취주사기를 뽑아 던져버렸지. 시야는 그거 보라는 듯 채근했어.

"몸무게가 6톤인 아프리카코끼리도 2톤이나 되는 특수 차량이 전속력으로 들이받으면 제대로 서 있지 못할 거예요. 근데 쟤는."

"40미터를 날아가 편의점 벽을 부수고 구석에 처박혀도 끄떡없다고요? 에이, 사람이 어떻게 그래요? 아직 마취 약물이 퍼지지 않아서 그런 거예요."

이번엔 마취주사기 두 개가 연이어 모기왕의 팔과 다리에 꽂혔어.

"보세요. 이번엔 틀림없이 쓰러질 테니…. 어? 왜 걷고 있지? 아니, 어떻게?"

모기왕은 마취주사기를 뽑지도 않은 채 시야에게 달려들었어. 마취주사기 너덧 개가 더 꽂혔지만 달려드는 모기왕의 속도는 줄어들지 않았지.

"말도 안 돼…. 대체 어떻게 이런 일이!"

그제야 새까만 방호복의 남자 눈에 주변 상황이 들어오기 시작했어. 저 멀리, 그러니까 40미터 떨어진 편의점의 한쪽 벽에는 구멍이 뻥 뚫려 있었지. 지금껏 시야가 몸으로 가리고 있어서 몰랐지만, 알프레도 아저씨가 개조한 특수 차량의 범퍼가 심하게 찌그러져서 너덜거리는 것도 뒤늦게 발견했어. 새까만 방호복의 남자는 사색이 되어 드론에 명령했어.

"있는 거 다 쏴! 저건 사람이 아니야! 괴물이라고!"

명령과 동시에 마취주사기가 비처럼 내리꽂혔어. 모기왕은 지그재그로 뛰어 마취주사기를 피했지만, 수십 대의 드론이 퍼붓는 걸 모

조리 피할 수는 없었지. 온몸에 수십 개의 마취주사기가 꽂힌 모기왕은 꼭 고슴도치처럼 보였어. 시야에게서 딱 한 걸음 앞에 우뚝 멈춰 선 모기왕은 비웃는 듯한 웃음을 짓더니 이내 졸린다는 듯 하품을 했어. 하품 때문에 눈가에 눈물이 한 방울 맺힌 모기왕은 시야를 보며 웃으며 말했지.

"언니. 지금은 언니가 이긴 것 같지? 근데 난 언니를 또 볼 것만 같아. 킥킥킥."

그 말을 끝으로 모기왕은 풀썩 쓰러졌어. 깊게 마취된 상황에서도 모기왕의 얼굴엔 개구쟁이 같은 웃음이 남아 있었어. 새까만 방호복의 남자는 초원에 사는 코끼리들이 모조리 몰려와 동시에 눈앞에서 쓰러졌다고 해도 이처럼 놀라지는 않았을 거야.

태오가 걱정된 시야는 놀란 입을 다물지 못하는 새까만 방호복의 남자에게 뒤처리를 맡기고 현장에서 벗어났어. 머릿속에는 온통 태오 생각뿐이었거든. 솔직히 말하면 이렇게까지 했는데 설마 무슨 일이 더 생기겠나 싶기도 했지. 모든 사건 사고는 설마 하는 안일한 마음에서 시작된다는 걸 까맣게 잊고 있었던 거야.

더 끔찍한 악몽의 시작

태오가 눈을 떴을 때 보인 건 검은 뿔테 안경을 끼고 머리를 질끈 묶은 시야의 모습이었어. 시야는 깨알 같은 글씨가 빼곡한 책을 펼쳐 놓고 모니터를 뚫어지게 바라보고 있었지. 태오는 방해하기 싫은 마음에 기척을 내지 않고 조용히 시야를 쳐다봤어. 태오가 영락없이 '이젠 죽었구나' 싶었을 때 들었던 생각 있잖아. 그땐 정말 시야의 웃는 얼굴을 한 번만 더 볼 수 있다면 바랄 게 없을 것 같았거든. 시원하게 차이더라도 좋으니 좋아한다고 솔직하게 말이라도 한번 해볼 걸 후회했었잖아.

막상 정신을 차리고 바로 곁에 있는 시야를 보니 여전히 고백 같은 건 어렵겠다는 생각이 들었지만, 그래도 살아서 시야의 얼굴을 다시 볼 수 있다는 것 하나만으로도 너무 좋았어. 시야의 오뚝한 콧날에 걸린 안경, 안경 너머에서 반짝이는 푸른 눈과 갈색 눈, 찰랑이는 검은 머리까지. 그렇게 한참을 조용히 시야를 바라보고 있었는데, 시선을 느낀 시야가 무심코 고개를 돌려 태오를 바라봤어. 그러다 둘의 눈이 딱 마주쳤지. 한 3초쯤 시야는 아무 말도 하지 않았어. 그러다 꺼낸 첫마디가.

"어?"

태오는 말없이 멋쩍게 웃었어. 시야는 아무런 표정 변화 없이 툭 던지듯 말을 이었지.

"일어났네?"

시야는 스탠드를 껐어. 피곤한 듯 안경을 벗고 눈을 비볐지.

"새로운 병원균에 대해 조사하느라 밤을 새웠더니 피곤하네. 잠깐 눈 좀 붙이고 올게."

태오는 시야를 다시 볼 수 있어서 너무 기뻤는데, 시야는 그냥 평소의 시야 같았어. 놀라지도 않고, 정신이 들어 다행이라고 말하지도 않았어. 평소 모습 그대로의 시야일 뿐이었지. 시야는 머리를 묶었던 고무줄을 풀어 책상에 아무렇게나 던지고는 구석에 있는 간이침대에 몸을 던지듯 픽 쓰러졌어. 눕자마자 코를 고는 것도 평소의 시야 같았지. 잠든 시야를 보니 종일 산책하고 돌아와 지친 강아지가 침대에 눕자마자 곯아떨어진 것 같았어.

"정신이 들었구나?"

알프레도 아저씨가 환하게 웃으며 다가왔어.

"목숨이 위험할 정도로 체온이 떨어졌었어. 겨우 정상 체온으로 돌아오나 싶었는데 몸이 펄펄 끓으며 열이 치솟지 뭐니. 사흘 가까이 혼수상태였으니까 말 다 했지. 밤새 간호하느라 시야도 힘들었을 거야."

"네? 시야가 밤새 간호했다고요?"

"그래. 하긴 태오 넌 고열로 정신이 혼미한 상태였으니 전혀 몰랐겠구나?"

알프레도 아저씨는 안쓰럽고 대견하다는 듯 시야가 있는 쪽을 바라봤어.

"왜 점점 더 위험한 일에 그렇게 달려드는지 정말 걱정이야. 이번엔 태오 너까지 진짜 위험했고."

진심으로 걱정하는 마음이 묻어났지만, 태오는 다른 말은 하나도 귀에 들어오지 않았어. 그저 시야가 밤새 자신을 간호했다는 말만 귓가에 계속 맴돌 뿐이었지. 태오는 괜히 얼굴이 빨개졌어.

"태오 너 설마 다시 열이 오르는 건 아니지? 얼굴이 빨개."

"아, 아니에요. 전 괜찮아요. 열 아니에요. 그나저나 모기왕은 어떻게 됐어요? 잡았어요?"

"이번 사건을 의뢰한 에버그린에서 모기왕을 수거해 갔어. 모기왕을 두고 이야기하는 걸 들으니 사람이 아니라 무슨 테러리스트에게 탈취당한 비밀 무기라도 되찾은 것처럼 '수거했다'라는 표현을 쓰더구나."

검은 양복의 남자가 사건 발생 3주 만에 액션캠의 영상을 찾았을 때도 '수거했다'라고 했어. 에버그린의 재산이니까 되찾았다는 뜻으로 말한 거겠지. 하지만 알프레도 아저씨는 거기까지는 생각하지 못했어.

"하긴, 에버그린이 아니라 노바디스 바이오 연구실로 모기왕을 옮겼다고 하니까 그들 입장에서는 수거가 맞을지도 모르겠다."

"노바디스 바이오요? 거기는 제약 회사 아니에요?"

"맞아. 세계적인 제약 회사지. 모기왕을 제압할 때 노바디스 바이오에서 전투 드론과 화염방사기로 중무장한 요원들을 지원했단다. 에버그린이 아무리 세계 최대 보험사라 해도 화염방사기 같은 걸 구비하고 있진 않을 테니까."

처음에 모기왕 사건을 의뢰한 건 보험사인 에버그린이었어. 그런데 마무리는 제약 회사인 노바디스 바이오라니 태오는 잘 이해가 되지 않았지. 태오의 시선은 조금 전까지 시야가 보고 있던 모니터를 향했어.

"그런데 시야는 사건도 해결됐는데 뭘 그리 열심히 하는 거예요?"

"현장에서 채집한 개량 모기 표본을 바탕으로 백신 연구를 한다고 하던데?"

"왜요? 새로운 전염병을 옮길 수 있는 모기는 사고 지역에 한정돼 발생한 거잖아요? 제아무리 모기왕이라 해도 감옥에 갇히면 별수 없을 테고요?"

"그렇긴 하지. 정부에서도 심각성을 느끼고 싱크홀 인근 주민들에게 대피령을 내렸으니까."

그때 낭랑한 목소리가 울렸어.

"아니에요. 뭔가 찝찝해요."

언제 일어났는지 시야가 다가와 태오가 누운 침대에 털썩 앉으며 한숨을 쉬듯 말했어.

"모기왕이 감옥에 갈 일은 없어. 모기왕은 사람을 해친 범죄자가 아니니까."

"응? 그게 무슨 말이야? 얼마나 많은 사람이 희생됐는지 시야 네가 가장 잘 알잖아?"

"그건 모기왕이 아니라 모기가 저지른 일이잖아? 모기를 잡아다가 '너 이거 모기왕이 시킨 거지?'라고 물어볼 순 없잖아. 모기왕이 시킨 게 사실이어도 모기들이 모기왕 말을 듣고 움직였다는 걸 증명할 수 없거든. 한마디로 증거가 없어. 모기왕은 우연히 현장 근처에 있었다고 발뺌하면 그만이지. 더구나 경찰 입장에서 모기왕은 어떻게 보일까? 살인 모기에게 부모를 잃은 가여운 여자아이일 뿐이야. 보호가 필요한 존재지."

"말도 안 돼. 이건 정말 말도 안 돼!"

태오는 편의점과 충전소에서 맞닥뜨렸던 모기에게 희생된 이들이 떠올랐어. 이런 악독한 짓을 저질렀는데 법으로 심판할 수 없다니. 게다가 태오도 모기왕 때문에 죽을 뻔했잖아.

"처음 사건을 의뢰받을 때부터 모기왕을 찾아 달라고만 하고, 그 뒤는 알아서 처리하겠다고 해서 좀 이상하다 싶었는데."

시야는 모니터 앞에 앉았어. 노바디스 바이오 홈페이지에 접속해서 뭔가를 검색하더니 낯익은 얼굴을 하나 화면에 띄웠지. 태오는 저도 모르게 크게 소리쳤어.

"어! 저 사람은 밥 아저씨?"

"맞아. 싱크홀을 탐색하러 갔다가 가장 먼저 살인 모기에게 습격당했던 밥 아저씨야."

"밥 아저씨는 제약 회사 노바디스 바이오 소속인데, 왜 보험사인 에버그린 직원이 밥 아저씨를 찾으러 갔던 거야?"

"좋은 질문!"

시야는 책상에 놓인 뿔테 안경을 쓰고 머리를 묶었어.

"씽크홀 연구는 제약 회사와 보험사의 합동 조사였어. 정확히 말하면 보험사에서 제약 회사에 조사를 지시한 거지. 조사는 제약 회사에서 하고, 조사에 드는 돈은 보험사에서 대는 구조. 알고 보니 에버그린이 노바디스 바이오의 최대 주주야. 노바디스 바이오의 실질적인 주인이 에버그린이란 소리지."

노바디스 바이오는 세계 10위의 제약 회사야. 처음엔 이름도 없는 작은 복제약 업체였는데, 2039년에 전 세계에 급속히 번진 신종 바이러스 덕분에 세계 10위의 제약 회사로 껑충 뛰어올랐지. 당시 팬데믹까지 선언하게 할 정도로 세계적인 위협이 된 신종 바이러스의 백신을 노바디스 바이오가 최초로 개발해서 전 세계에 공급했거든. 하지만 노바디스 바이오는 신약 개발을 위해 국제적 협의를 무시하고 동물 실험을 비롯한 비인도적이고 위험한 생체 실험을 하는 것으로 공공연히 알려졌어.

전투 드론이나 화염방사기 같은 장비들을 구비한 것도 실험용 동물 포획용이라는 소문이 있거든. 하지만 세계 최대의 보험사인 에버그린이 뒷배를 봐주기 때문에 누구도 함부로 건드릴 수 없다고 해. 공교롭게도 에버그린이 노바디스 바이오의 최대 주주가 된 때가 2038년이야. 노바디스 바이오는 주인이 바뀌자마자 '신종 바이러스 백신 세계 최초 개발'이라는 대박을 터트린 거지.

당시 세계 최고의 제약 회사들도 손을 놓은 백신 개발을 이름도 생소한 작은 업체가 해내서 더 이목을 끌었던 것도 사실이야. 당연히 노바디스 바이오의 주가는 하늘 높은 줄 모르고 치솟았어. 최대 주주인 에버그린 역시 엄청난 이득을 얻었음은 말할 것도 없어. 놀라지 말고 들어. 에버그린이 보유한 주식값은 무려 5백 배가 넘게 뛰었어.

“잠깐, 지구 온난화와 기상 이변으로 가장 큰 피해를 본 기업 중 하나가 보험사라고 했지? 수십 년간 보험 상품을 팔아 번 엄청난 돈을 기상 이변에 따른 피해보상으로 일 년 만에 다 써버렸다고 했고.”

태오는 뭔가 생각났다는 듯 손바닥을 주먹으로 내리치며 말했어.

“게다가 더 큰 문제는 보상해 줘야 할 비용이 작년보다 몇 배는 더 늘어날 거라고 했잖아?”

시야는 무언가 짐작 가는 게 있는 눈치였어. 하지만 차마 자기 입으로 그 말을 꺼내지 못하는 것 같았지.

“에버그린은 이미 엄청난 손해를 예상해. 노바디스 바이오의 주인은 에버그린이야. 복제약이나 만들던 작은 제약 회사였던 노바디스 바이오가 지난 2039년 팬데믹 때 가장 먼저 백신을 개발해서 단숨에 세계 10위의 회사로 뛰어올랐지. 노바디스 바이오가 대박을 터뜨린 덕분에 노바디스 바이오에 투자한 에버그린은 투자 금액의 무려 5백 배나 이익을 봤다며? 만약 2039년처럼 정체불명의 바이러스가 퍼져서 다시 한번 팬데믹이 선포된다면?”

“역시 가장 먼저 백신을 개발한 제약 회사가 엄청난 돈을 벌어들이겠지. 굳이 노바디스 바이오가 아니어도 상관없어. 작은 제약 회사 주식을 헐값에 사들여 회사를 인수한 다음 노바디스 바이오에서 개발한 최초 백신을 새로 인수한 작은 회사 이름으로 발표해도 아무 상관 없으니까."

"누구도 발명 못 한 새로운 백신을 개발하기로 예정된 작은 제약 회사의 주인은 에버그린과 노바디스 바이오 두 곳이 되는 건가요?"

시야와 태오의 대화를 조용히 듣고만 있던 알프레도 아저씨가 물었어.

"아마도요."

시야는 눈살을 찌푸리며 대답했지. 사실 태오가 정신을 잃은 며칠 동안 시야는 노바디스 바이오에 대해 조사했어. 시야는 검은 양복의 남자가 자신에게 거짓말을 했다는 걸 알아챘지. 싱크홀 조사는 이미 작년부터 비밀리에 진행됐던 거였어.

살인 모기로 인해 밥 아저씨 등 첫 피해자가 발생한 후 현장 영상을 찾기까지 3주가 걸렸다고 했잖아? 하지만 노바디스 바이오는 싱크홀 아래 영구 동토층이 녹은 흙 사이에 신종 바이러스가 있다는 걸 조사 초기부터 이미 알고 있었어. 모기왕을 탄생시킨 기생형 바이러스가 있다는 것까지도 이미 파악한 상태였지. 하지만 그들은 기생 바이러스가 인간에게까지 침투하리라고는 미처 생각하지 못했어.

사고 발생 직후 영상을 수거한 노바디스 바이오 측은 다 죽어가는 아이에게 기생형 바이러스가 엄청난 힘을 제공했다는 사실에 놀라움을 감출 수 없었지. 기생형 바이러스를 잘만 활용한다면 돈 많은 늙은 부자들에게 젊음을 되찾아 주는 기적의 약이라고 소개할 수 있다는 생각이 들었던 거야. 말 그대로 꿩 먹고 알 먹고지.

싱크홀 아래에서 발견한 신종 병원균을 퍼트려 다시 팬데믹 상황을 만든 다음에 미리 만들어 둔 백신을 소개하고 팔아먹는 것과 동시에 기생형 바이러스를 불로장생의 약인 것처럼 포장해서 소개하는 거야. 그렇게 되면 이름도 없던 작은 제약 회사가 세계 최초이자 기적과도 같은 신약을 무려 두 개나 한꺼번에 발표하는 셈이니 회사의 가치도, 주식도 미친 듯이 오를 수밖에 없지. 싱크홀 하나로 두 가지 약을 만들어 팔아 하루아침에 돈방석에 앉을 수 있는 절호의 기회가 찾아온 거야.

모든 퍼즐이 다 맞춰졌다고 생각했지만, 시야는 자기 생각을 입 밖에 내고 싶지 않았어. 모기왕의 말이 떠올랐기 때문이야. 자연의 동물들은 먹기 위해서, 살아남기 위해서 움직이지만 인간은 재미를 위해 가장 많이 이동하는 동물이라고 했잖아. 인간의 이동은 결국 바이러스의 전파와 자연 파괴, 동식물의 멸종을 불러온다고 했지.

지금 노바디스 바이오가 벌이고 있는 짓은 인간이 같은 종인 인간을 괴롭게 해서 돈을 벌려는 거야. 모르고 실수한 게 아니라 알면서도 범죄를 저지르려는 거야. 지구에 있는 동식물 중 같은 종을 해치면서 금전적 이익을 취하는 것 역시 인간뿐이야.

1억 7천만 년 전에 지구에 등장한 인간의 선배 모기는 인간에게 해충 취급을 받고 있지만, 정작 지구뿐만 아니라 인간까지도 위협하는 존재는 고작 150만 년 전에 등장한 인간이야. 지구에는 백신이자 인간에게는 바이러스를 퍼트려서 지구를 청소하겠다는 모기왕의 말이 다시금 떠올라 시야를 괴롭게 했지.

얼음 밑에 잠들어 있던 모기왕과 신종 바이러스를 깨운 건 다름 아닌 인간이야. 그걸 이용해서 지구와 인간을 괴롭히고 돈을 벌려는 존재 또한 인간이고. 어쩌면 지구는 자기가 얼음 밑에 숨겨온 바이러스를 세상에 뿌림으로써 스스로에게 백신을 놓으려는 것일지도 몰라.

시야는 괴로웠어. 아무리 인간이 지구를 파괴하고 있다고 해도, 인간이 인간 자신의 미래를 포기할 수는 없는 거잖아. 알고도 지구를 파괴하는 건 실수가 아니라 범죄야. 하지만 잘 모른 채 실수로 지구를 괴롭혀 왔던 우리라도 힘을 합쳐 지구를 지켜야 하는 거잖아. 범죄자들로부터 인간 자신과 지구를 지켜야 하는 거잖아.

"어? 이게 무슨 소리야?"

태오가 침대에서 몸을 일으키며 경계하듯 주변을 두리번거렸어. 시야는 깊은 생각에 잠겨 있느라 아무 소리도 못 들었는지 미동도 없었지.

"시야, 이 소리 안 들려? 모깃소리 같기도 하고."

알프레도 아저씨도 무언가 수상한 낌새를 느꼈는지 눈빛이 날카롭게 변했어. 시야도 그제야 고개를 돌렸지. 귀에 익은 소리가 연구실 밖에서 울려 퍼지고 있었어. 분명 최근에 들었던 익숙한 소리야.

"이 소리, 무슨 소리인지 알 것 같아."

시야의 얼굴에도 긴장한 기색이 드러났어. 태오는 소리를 쫓아 창가로 갔지. 창가에 가까워질수록 요란한 소리가 더 커졌어. 태오는 떨리는 손으로 커튼을 열어젖혔어. 그 순간 눈 부신 빛이 연구실 안으로 쏟아져 들어왔지. 태오는 눈을 찡그리며 손으로 빛을 가렸어.

쏟아지는 빛 너머 수십 대의 전투 드론이 떠 있는 게 보였어. 드론은 연구실 내부가 속속들이 다 보일 정도로 강한 조명을 일제히 쏘아대고 있었지. 태오는 처음 보는 광경에 어안이 벙벙했어. 하지만 며칠 전 이와 똑같은 광경을 봤던 시야와 알프레도 아저씨는 입술을 깨물었지. 바로 노바디스 바이오의 전투 드론이 딱 저 모습으로 모기왕을 포위했었잖아. 시야는 그 뒤로 어떤 일이 벌어졌는지 눈앞에서 봤기 때문에 똑똑히 기억하고 있어.

인간의 신체 능력을 아득히 뛰어넘어 괴물이라고 부를법한 모기왕마저도 제압한 게 저 전투 드론들이야. 모기왕에 비하면 시야와 태오, 알프레도 아저씨는 평범한 인간일 뿐이야. 인간의 몸으로는 전투 드론에게 대항해서 결코 이길 수가 없어.

"태오, 물러서! 위험해!"

시야의 외침에 태오는 뒷걸음질로 창가에서 물러났어.

"언니. 아직도 언니가 이긴 것 같아? 내가 뭐랬어? 언니를 또 볼 것 같다고 했지?"

태오의 입이 떡 벌어졌어. 이 목소리, 이 얼굴을 어떻게 잊을 수 있겠어. 냉동 창고 문틈으로 태오가 언제 쓰러지나 웃으며 구경하고 있던 바로 그 얼굴, 모기왕이잖아. 눈을 제대로 뜨기 어려울 정도로 밝은 조명을 쏴대는 전투 드론 사이로 커다란 지휘 드론이 모습을 드러냈어. 지휘 드론에는 모기왕이 앉아 있었지. 모기왕은 오랜 친구들을 만나기라도 한 듯 반갑게 손을 흔들며 웃고 있었어.

"저 녀석이 왜 여기에 있는 거지? 아니, 어떻게 여기에 있을 수가 있지?"

태오는 마치 끔찍한 악몽을 꾸는 것만 같았어. 모기왕이 시뻘겋게 변한 치아를 드러내며 당장이라도 연구실로 뛰어 들어와 태오의 목을 물어뜯을 것만 같았어. 너무 무서워서 태오의 목소리가 갈라지고 있었어.

엄마, 손님이 돌아갔어요

모기왕을 마주한 태오의 등줄기로 식은땀이 죽 흘렀어. 독 안에 든 쥐 꼴이 되어 냉동 창고에서 무력하게 쓰러져 가던 자기 모습이 떠올라서였어. 그때 시야가 다가와 태오의 떨리는 팔을 붙잡았어. 태오는 고개를 돌려 옆을 봤어.

결연한 표정으로 모기왕을 바라보는 시야의 옆모습은 꼭 전쟁터에 나가는 전사의 모습 같았지. 질 것이 뻔한 전쟁터에 끌려 나가는 게 아니라 상대편의 장군을 쓰러트리고 적을 짓밟고 말겠다는 결연한 표정이었어. 시야는 태오를 마주 보며 씩 웃었어. 아무 말 없이 그저 웃었을 뿐인데 태오의 손은 더 이상 떨리지 않았어. 시야의 웃음은 꼭 이렇게 말하는 것 같았거든.

"아무것도 아니야. 겁낼 것 없어."

아무것도 아니라 생각하니 정말 아무것도 아닌 것처럼 느껴졌지. 그러자 마음이 평온해졌어. 오히려 힘이 솟는 것만 같았지.

"어머, 뭐야? 그냥 친구라더니 왜 둘이 꼭 붙어있어?"

모기왕의 놀리는 듯한 말에 시야는 보란 듯이 태오의 팔짱을 꼈어.

"볼 때마다 느끼는 건데, 모기왕 넌 꼭 인공지능 같아. 학습 알고리즘으로 스스로 배우고 진화하니까."

"그래? 그 말은 칭찬인 거지? 그래서 언니가 나더러 똑똑하다고 한 거구나?"

"좋을 대로 생각해. 그런데 너, 초기 데이터가 잘못 입력된 것 같아. 첫 단추를 잘못 끼워서 진화에 오류가 발생한 것 같거든. 겉모습은 귀여운 아인데 말하는 건 정말 못된 괴물 같아."

"뭐?"

"그냥 싹 다 지우고 초기화하는 건 어때? 내가 도와줄 수 있을 것 같은데? 어쩌면 우리 좋은 친구가 될지도 모르잖아?"

시야가 살갑게 팔짱을 껴서 그저 행복하기만 했던 태오는 모기왕과 친구가 될지도 모른다는 시야의 말에 질겁했어. 저런 악마 같은 꼬맹이와 친구가 된다니, 안 될 말이야. 만약 시야와 모기왕이 친구가 되면 시야를 보러 연구실에 놀러 올 때마다 저 악마 같은 꼬맹이랑 마주쳐야 한다는 소리잖아.

"언니가 지금 뭔가 착각하고 있는 것 같은데, 지금 언니 상황이 어떤지 안 보이나 보지?"

모기왕의 말에 수십 대의 드론이 일제히 시야를 조준했어.

"나에게 쏜 건 마취주사기지만, 오늘은 언니를 위해 진짜 무기를 준비했다는 걸 알아줬으면 좋겠어. 주사는 맞으면 잠들 뿐이지만, 이걸 맞으면 몸에 구멍이 잔뜩 뚫릴걸?"

하지만 시야는 눈 하나 깜짝하지 않았지.

"노바디스 바이오를 어떻게 설득했기에 저 많은 드론을 너한테 빌려준 거야?"

"그 아저씨들, 나한테 궁금한 게 많은 것 같더라고. 살인 모기를 어떻게 해서 전염병을 옮기는 모기로 바꿨는지, 어떻게 해서 내가 이렇게 강한 힘을 가진 채 다른 사람의 몸에 기생할 수 있는지를 말이야."

"그래서 친절하게 다 알려주고 나온 거야? 그 사람들은 정보를 줘서 고맙다며 너한테 드론을 빌려주고?"

"음…. 내 모기들을 궁금해하는 것 같기에 모기를 잔뜩 풀어주고 나왔어. 물론 문은 밖에서 잠가버렸지. 아마 지금쯤 거기 아저씨들은 모기랑 열심히 숨바꼭질하고 있겠네. 꼭꼭 숨지 못해서 혹시 머리카

락이라도 보이면 술래가 바뀌는 게 아니라 모기에게 피를 빨려 죽겠지만."

"넌 정말 인간의 목숨을 하찮게 여기는구나?"

"인간이 바다에 방사성 물질을 버릴 때도 똑같지 않아? 바다에 수많은 생명이 있으며 하나하나가 다 귀하다는 걸 안다면 과연 그렇게 행동할 수 있을까? 자기 목숨이 직접적으로 위협받는 게 아니니까 아무렇지 않게 바다와 땅을 못살게 구는 거 아냐?"

"그건 억지야. 노바디스 바이오 직원들은 바다에 방사성 물질이나 쓰레기를 버린 적이 없어. 다른 사람의 죄로 인해 왜 엉뚱한 사람이 벌을 받아야 하지?"

"죄 없는 엉뚱한 사람들이라고? 정말 몰라서 묻는 거야? 왜 그 사람들에게 내가 필요했을까? 언니라면 충분히 알고 있을 거로 생각했는데?"

모기왕은 비웃음을 흘리며 시야를 노려봤어. 시야는 피하지 않고 마주 봤지. 시야의 예상대로야. 노바디스 바이오는 모기왕마저 이용하려 했어. 자기 목숨이 위협받는 게 아니니까 아무렇지 않게 바이러스를 퍼트리려고 했던 거야. 그리고 자신들은 세계 최초로 백신을 만들어낸 영웅이 되려고 했지. 계획대로였다면 그들이 모기를 매개로 퍼트린 바이러스 때문에 죄 없는 인간이 수도 없이 죽게 되었을 거야.

"1위가 모기이고, 2위가 사람이라던데…. 지금 보니 꼭 그렇지도 않은 것 같네. 누가 진짜 1위인지 모르겠다."

시야는 한숨을 내쉬며 혼잣말처럼 말했어. 지난 10년 동안 전쟁이나 테러보다 더 많은 사람을 희생시킨 건 모기라는데, 어떤 사람들에게는 모기가 옮기는 전염병이 아무것도 아닐 수 있어. 미리 예방 접종을 맞고 주의하면 얼마든지 고칠 수 있는 질병이지. 하지만 그럴 여력이 없는 지구 어딘가에서는 모기 때문에 수많은 사람이 병에 걸리고 치료받지 못한 채 죽어가.

어디에서는 먹을 것과 돈이 넘쳐나고, 어디에서는 모기가 옮긴 병을 치료할 약조차 구하기 어려워. 아니, 약은커녕 먹을 음식과 물이 모자란 곳도 많아. 모기는 세계 어느 곳에나 있지만, 모기가 옮긴 병을 고칠 수 있는 약이나 병원은 세계 어느 곳에든 있는 게 아니야. 결국 10년 동안 전 세계에서 사람을 가장 많이 죽인 게 모기라는 말은, 어쩌면 더 많이 가진 사람들이 가지지 못한 사람들을 배려하지 못한 결과일지도 몰라.

사람을 가장 많이 해친 존재 1위가 모기가 된 데에는 2위인 사람의 역할이 적지 않았다는 말이지. 시야 역시 지구를 가득 채운 수많은 인간 중 한 명으로서 위기감과 책임감을 동시에 느꼈어. 시야는 태오에게서 팔짱을 풀고는 창가로 다가갔어.

"시야, 창가로 다가가면 위험해!"

태오가 만류했지만, 시야는 아랑곳하지 않고 창가로 갔어. 창문 너

며 가볍게 공을 던지면 닿을 수 있는 거리에 모기왕이 지휘 드론에 앉은 채 시야를 내려다보고 있었지. 모기왕은 마치 고귀한 핏줄을 지닌 왕이 하찮은 신하를 내려다보는 듯한 표정으로 웃음을 머금고 있었어. 둘 사이에 떠 있는 수많은 전투 드론은 모기왕을 떠받드는 신하들 같았지.

"나는 아무것도 아니지만, 그런데도 인간을 대표해서 너에게 사과할게. 나는, 그리고 우리 인간들은 알게 모르게 자연에 많은 상처를 입혔어. 하지만 지금 너의 방식은 옳지 않아. 믿기 어렵겠지만 인간은 지구가 병드는 속도를 늦출 수 있어. 예전처럼 완전한 지구로 되돌릴 수는 없어도, 적어도 속도를 늦추면서 더 나아질 수 있는 방법을 반드시 찾아내고 말 거야. 그리고 지구와 인간은."

시야는 모기왕을 빤히 쳐다봤어.

"그리고 너와 나, 우리는 친구가 될 수 있어. 그러니까 네가 지금 하려는 걸 하지 않았으면 좋겠어."

시야를 빤히 바라보던 모기왕은 입가를 씰룩이다가 어처구니가 없다는 듯 한참을 깔깔대며 웃었어. 어찌나 웃었는지 나중에는 웃느라 흘린 눈물을 닦아야만 했지.

"내 눈이 틀리지 않았어. 저 오빠는 착한 바보인데 언니는 그냥 바보야. 그리고 오늘은 언니가 나보다 더 말을 많이 한 거 알아? 왜 그랬을까? 이번에도 누가 도와주러 올까 봐 시간을 끄는 거야? 가만 보니 구급차 타고 온 할아버지도 여기에 있고, 노바디스 바이오 직원들은 잠겨버린 건물 안에서 모기를 피해 다니느라 언니를 신경 쓸 여유가 전혀 없을 것 같은데? 아마 지금쯤이면 다 죽었을걸? 게다가 저번에 날 공격했던 드론들, 지금은 다 내 편이네? 얘네들 내가 다 끌고 왔어. 알잖아? 대체 뭘 믿고 그렇게 당당한 거야? 진짜 누굴 기다리는 거야? 아니면 도망가서 숨을 곳이라도 있어?"

"아니. 나는 아무 데도 안 가고, 아무도 안 기다려. 여긴 내 집이니까. 난 누군가를 기다리는 게 아니라 네가 마음을 바꾸기를 기다리는 거야."

"진심이야? 정말 그게 전부라면, 나한테 제발 살려달라고 빌어야 하는 거 아냐?"

"아니, 그 반대야. 너는 지금 네가 이겼다고 생각하겠지?"

모기왕은 이맛살을 찌푸렸어. 분명 저 말은 모기왕이 노바디스 바이오에 끌려가기 직전에 한 말이잖아.

"네가 마음을 바꿀 생각이 없다면, 네가 하려던 걸 해. 그렇다면 나 역시 조금은 죄책감을 덜어내고 내가 하려던 걸 할게."

시야는 끝까지 평온한 모습이었어. 시야가 자기에게 매달려 살려달라고 애걸복걸하는 걸 기대했던 모기왕의 눈은 분노로 타올랐어. 그런 모기왕을 바라보던 시야는 갑자기 엄마를 불렀지.

"엄마, 초대하지 않은 손님이 왔어요."

태오와 알프레도 아저씨는 깜짝 놀라 뒤를 돌아봤어. 실종된 시야의 엄마가 갑자기 나타난 줄 알았거든.

"네. 방어 시스템 1단계를 가동합니다."

하지만 엄마 대신 딱딱한 인공지능의 목소리가 연구실을 울렸어. 그와 동시에 연구실의 창문을 두꺼운 철문이 뒤덮었어. 연구실 자체가 거대한 방공호로 변신한 거야. 순식간에 벌어진 일이었지. 모든 창문이 육중한 철문으로 덮이는 바람에 모기왕은 연구실 내부를 들여다볼 수 없었어. 반대로 벽면 모니터에는 당황하여 허둥대고 있는 모기왕의 모습이 손에 잡힐 듯 선명하게 비추고 있었지.

"넌 내가 지금까지 본 생명체 중 두 번째로 똑똑하지만, 너무 극단적인 방법을 답이라고 생각하고 있어. 학습 알고리즘으로 스스로 배우고 진화한 제대로 된 인공지능이 뭔지 언니가 제대로 보여줄게."

시야는 편하게 말했을 뿐인데 바깥에 있는 모기왕에게는 확성기를 통해 쩌렁쩌렁한 외침으로 들렸어. 화가 머리끝까지 치민 모기왕은

무섭게 인상을 쓰며 소리를 질렀지.

"쏴! 모조리 없애버려!"

드르르르르르르르르륵-

전투 드론에 달린 기관총이 일제히 불을 뿜었어.

"뭐야? 지금 뭐 하는 거야, 이 멍청이들아!"

모기왕은 목이 터져라 소리를 질렀어. 엉뚱하게도 드론은 시야의 연구실이 아닌 서로를 공격하고 있었지. 모기왕의 눈앞에서 드론은 자기들끼리 쏴대면서 하나둘 추락하기 시작했어.

"드론들이 네 편이라고? 내가 볼 때는 아닌 것 같은데?"

시야는 누군가 나타나 도와주기를 기다렸던 게 아냐. 하지만 시간을 끌었던 건 사실이지. 인공지능 방어 시스템이 전투 드론의 통신 GPS를 교란할 때까지 모기왕의 주의를 돌렸던 거야. 이제 드론들의 주인은 모기왕이 아니야. 전투 드론은 시야의 손아귀에 있어. 시야의 명령에 따라 인공지능이 드론을 조종하고 있으니까.

바깥에서는 치열한 전투가 계속됐지. 서로를 공격하던 드론들은 모기약에 취한 모기처럼 빙글빙글 돌며 떨어지다 바닥에 처박혔어. 마지막 한 대가 격추될 때까지 드론들은 서로를 공격하는 걸 멈추지 않았지. 10여 분쯤 지났을까. 연구실 앞뜰은 매캐한 화약 연기로 가득 찼어. 아직 허공에 떠 있는 드론은 모기왕이 타고 있는 지휘용 드론 단 한 대뿐이었지.

"이게 끝이 아니야. 지금 네가 타고 있는 드론도 내 마음대로 조종할 수 있어."

시야는 당장이라도 그렇게 할 수 있다는 걸 증명이라도 하듯 모기왕의 드론을 제자리에서 빙글빙글 돌게 했어. 빠른 속도로 열다섯 바퀴나 돌고 나서야 드론은 제자리에 멈춰 섰지. 모기왕은 분을 참지 못해 씩씩댔어.

"그래, 오늘은 언니가 이겼어. 하지만 내가 준비한 진짜 선물은 이게 아니야!"

"진짜 선물? 별로 안 궁금한데? 설마 진짜 선물이라는 거, 싱크홀에 꼭꼭 숨겨둔 걸 말하는 거야?"

정곡을 찔렸는지 모기왕의 표정이 순식간에 변했어.

"싱크홀을 그대로 놔두면 인류가 모르는 또 다른 바이러스가 퍼져나갈지 모르지. 이번에는 모기였지만, 다음에는 상상도 못 할 다른 게 튀어나올 수도 있잖아. 안 그래? 게다가 너보다 더 무서운 녀석이 아직 잠들어 있을지도 모르잖아. 내가 설마 그걸 가만히 보고만 있을 거로 생각했던 거야?"

시야는 뿔테 안경을 벗었어. 묶었던 머리를 풀고 고개를 가볍게 흔들었지. 하나로 묶여있던 머리가 풀리면서 시야의 어깨로 찰랑이는 흑발이 미끄러지듯 떨어졌어.

"사실 정말 고민 많이 했거든. 얼어있던 게 녹아 버려서 문제가 됐다면, 다시 얼려 버리면 간단히 해결할 수 있잖아. 그런데 이렇게 직접적인 방식으로 자연에 개입하는 건 또 다른 나비효과를 불러올 수 있으니까, 이걸 실행할지 말지 정말 많이 고민했어."

"뭐야, 대체 무슨 짓을 하려는 건데?"

"말했잖아. 녹았던 걸 다시 얼린다고. 뜨거워진 지구 전체를 식힐 수는 없지만, 싱크홀 정도의 작은 면적은 얼마든지 얼릴 수 있는 기술을 개발했거든."

시야가 버튼을 누르자 연구실 처마에 설치된 빔프로젝터가 연구실 맞은편에 있는 영화관의 흰 벽면에 영상을 투영했어. 영상 한가운데에 모든 사건의 발단이 된 싱크홀이 보였지. 하지만 뭔가 이상했어. 유독 싱크홀과 그 주변만 어두컴컴했거든.

"태양복사 관리 기술이야. 지구에 도달한 태양 에너지를 다시 우주로 반사하는 기술이지. 작은 돋보기라도 햇빛을 모으면 검은 종이에 불을 붙일 수 있잖아? 내가 하려는 건 그 반대야. 싱크홀과 그 주변의 열을 우주로 반사하는 거지. 이런 인위적인 개입은 주변 생태계에 악영향을 끼칠 게 분명하지만, 너와 대화하면서 실행해야만 한다는 확신을 얻었어. 이미 한 번 자연의 균형이 깨져서 나타난 싱크홀이 너뿐만 아니라 다른 인간들에게도 나쁜 무기로 악용될 수 있다면, 차라리 다시 한번 균형을 흔들어 얼려 버리는 게 낫겠다고 생각했지. 이제 저곳은 일주일 안에 예전보다 더 단단하게 얼어붙을 거야."

"네가 뭔데! 네가 뭔데 내 일을 방해하는 거야!"

모기왕은 목에 핏대를 세운 채 소리를 질러대고 있었어. 시야는 웃으며 대꾸했지.

"꼬박꼬박 언니라고 부르더니, 우리 꼬맹이 화 많이 났구나? 언니가 시원한 곳으로 보내줄 테니까 머리 좀 식히고 와."

그 말이 끝나기 무섭게 모기왕을 태운 드론은 무서운 속도로 멀리 멀리 날아가 버렸어. 다 잡은 모기왕을 시야가 그냥 놓아주는 걸 태오는 이해할 수 없었지.

"그냥 보내주는 거야? 더는 나쁜 짓을 못 하게 어디 가둬야 하는 거 아니고?"

"모기왕을 위한 특수한 감옥을 미리 준비했다면 모를까, 당장은 세계 어느 감옥에 가둬도 모기왕을 붙잡아 두진 못할 거야. 더구나 여기 연구실은 외부 침입자에 대한 방어 위주로 프로그래밍 되어 있어. 모기왕처럼 괴물 같은 힘을 지닌 존재를 꼼짝 못 하게 가두거나 손쉽게 제압하려면 군대 수준의 강력한 무기가 필요한데, 그런 게 여기 있을 리 없잖아? 차라리 지금은 멀리 떨어뜨려 놓은 다음 연구실을 새롭게 정비하는 게 맞아."

"하지만 모기왕이 살인 모기떼를 끌고 온 것도 아니고, 전투 드론까지 다 물리쳤잖아? 아무리 모기왕이라도 별수 없는 거 아냐?"

태오는 모기왕이 어지간히 싫었나 봐. 하긴 태오 입장에선 그럴 수

밖에 없긴 해. 모기도 없고 드론도 없을 때 어떻게든 모기왕을 잡았어야 한다는 거지. 제아무리 모기왕이라 해도 어린 여자아이의 몸일 뿐이잖아. 하지만 시야는 고개를 절레절레 저었어.

"저 꼬마, 겉모습만 보고 우습게 보면 안 돼. 2톤짜리 차에 치여 40미터를 날아가 편의점 벽을 부수고 구석에 처박혀도 왠지 상처 하나 없이 걸어 나올 것 같거든."

"응? 그게 대체 무슨 소리야? 2톤짜리 뭐?"

"아니, 그냥 그렇다고. 왠지 그럴 것 같다고."

태오는 시야가 무슨 말을 하는지 하나도 못 알아듣겠다는 눈치였지. 하지만 알프레도 아저씨의 표정은 묘했어. 알프레도 아저씨는 진실을 알고 있었기 때문이야. 웬만한 충격에도 끄떡없는 장갑차 수준으로 특수 제작한 차량의 범퍼가 너덜너덜해진 채 돌아왔기에 알프레도 아저씨는 시야에게 물었지. 태오가 대체 차를 어떻게 몰다가 무엇과 부딪쳤기에 차가 이렇게 망가졌느냐고 말이야. 그렇잖아. 태어나서 단 한 번도 운전해 본 적 없는 무면허인 시야가 운전대를 잡았을 리는 없으니, 태오가 뭔가 사고를 쳤나 싶었지. 하지만 아무리 무슨 일이 있었는지 물어도 시야는 입을 꾹 닫고 있었어.

결국 알프레도 아저씨는 스스로 답을 찾았지. 차량의 블랙박스에 모든 게 녹화돼 있었거든. 영상을 본 알프레도 아저씨는 처음엔 블랙박스가 고장 난 줄 알았어. 분명 누군가 차를 운전하고 있었어. 그런데 말 한마디 없는 거야. 그래서 음성 녹음 기능이 고장 난 건가 싶어 볼륨을 조금 올려보았어. 하지만 여전히 아무 소리도 들리지 않았지.

차는 분명 전속력으로 달려가고 있었거든. 그래서 볼륨을 최대로 올렸어. 저 앞에 전기차 충전소와 편의점이 보였지. 그런데 이상해. 차량 속도가 전혀 줄어들지 않아. 아니, 오히려 속도는 더 빨라졌어. 저 멀리 보이던 여자아이가 바로 눈앞까지 다가왔어.

"콰쾅-!"

귀청이 찢어질 듯한 소리에 알프레도 아저씨는 귀를 틀어막으며 볼륨을 낮췄어. 블랙박스의 음성 녹음 기능이 고장 난 게 아니었어. 생전 처음으로 운전대를 잡은 시야는 너무 긴장한 나머지 아무 말도 하지 못했던 거야. 그걸 모르고 알프레도 아저씨는 볼륨을 최대로 올렸고, 시야가 모기왕을 그대로 들이받을 때의 충격음을 최대 볼륨으로 듣게 된 거지. 폭탄이 터지는 듯한 요란한 소리와 함께 차에 들이받힌 모기왕은 40미터를 날아간 것으로 모자라 편의점 벽을 뚫고 들어가 버렸어. 모기왕을 들이받은 후 급브레이크를 밟는 소리가 생생하게 녹음됐어. 그러고 나서 비로소 시야의 녹음된 목소리가 울려 퍼졌지.

"태오! 태오!"

애끓는 간절함이 묻어나는 절박한 목소리였어. 시야는 태오를 목이 터지라 부르고 있었지. 알프레도 아저씨는 모기왕이 멀쩡한 모습으로 편의점에서 걸어 나오는 걸 보고도 별로 놀라지 않았어. 알프레도 아저씨가 가장 놀랐던 건 시야의 외침이었으니까. 시야의 부모님이 실종된 후 시야는 단 한 번도 큰소리를 낸 적이 없어. 마치 자신의 영혼을 아무도 닿을 수 없는 저 멀리 깊은 동굴에 두고 온 것만 같았거든. 시야의 몸은 분명 여기에 있지만, 마음은 늘 어딘가를 떠도는 것처럼 보였어. 시야는 눈이 내리는 소리처럼 고요 그 자체였지.

수년 동안 그렇게 지내왔던 시야가 태오를 목이 터져라 부르는 걸 들은 알프레도 아저씨는 저도 모르게 눈물을 흘렸어. 마녀의 저주에 걸린 것처럼 얼음에 갇혀있던 시야가 비로소 저주를 깨트리고 나왔고, 드디어 따뜻한 피가 온몸을 돌아 시야를 회복시키고 있는 것처럼 느껴졌거든. 그래서 알프레도 아저씨는 감사하고 또 감사한 마음이었어. 차야 뭐 고치면 그만이잖아.

모기왕이 얼마나 터무니없는 괴물인지 영상을 통해 똑똑히 본 알프레도 아저씨는 모기왕을 사로잡지 않고 멀리 보내 버린 시야의 선택이 충분히 이해가 됐어. 사실 알프레도 아저씨는 모기왕이 연구실 밖에 나타났을 때 머릿속으로 전투 시뮬레이션을 그리고 있었어. 그리고 확신했지. 모기왕을 산 채로 잡을 수는 없지만, 자기 힘으로 제거할 수 있겠다는 생각이 들었어.

시야의 목숨이 위협받는 순간이 온다면 자신이 나서서 모기왕의 목숨을 거둬야겠다는 생각까지 했어. 물론 그런 상황까지 갔다면 알프레도 아저씨 역시 죽기 직전까지 몰랐을지도 몰라. 그래서 시야가 인공지능 시스템으로 모기왕을 멀리 보내 버린 게 서로에게 다행이라 생각했어. 알프레도 아저씨는 자신이 다치는 것보다 시야 앞에서 누군가를 해치는 모습을 보이고 싶지 않았거든. 더 이상 자신의 손에 피를 묻히지 않겠노라 맹세하고 시야 집안의 집사로 들어왔으니까. 그리고 군인이 아닌 늙고 평범한 집사로 기억되고 싶었어. 그게 알프레도 아저씨의 마지막 바람이었지.

"엄마, 손님이 돌아갔어요."

시야는 아까처럼 허공에 대고 외쳤어.

"시스템 방어를 해제합니다."

시야는 꼭 진짜 엄마한테 얘기하는 것 같았지만, 대답하는 인공지능의 목소리는 여성의 목소리라는 것을 빼면 지극히 기계적인 음성이었어.

"아까 시야 네가 갑자기 엄마를 부를 때, 난 정말로 너희 엄마가 돌아오신 줄 알았어."

깜빡 속아 넘어간 건 태오뿐만이 아니야. 알프레도 아저씨도 놀라서 뒤를 돌아볼 정도였으니까.

"난 늘 여기 연구실에 있는데, 누가 어떤 생각으로 여길 찾아올지 모르잖아. 그래서 방어 시스템을 만들었지. 그러고는 상대가 눈치채지 못하게 시스템을 작동시킬 방법을 고민하다가 인공지능 이름을

'엄마'라고 붙였어. '인공지능아, 나 좀 구해줘!'라고 외치는 것보다 훨씬 자연스럽잖아. 나를 해치려는 악당이 코앞에 앉아 있어도 내가 엄마를 부르는 건 악당 입장에서 그다지 위협적이지 않으니까."

시야의 연구실은 외부의 위협은 물론이거니와 이미 침투한 적에 대한 대응 시스템까지도 완벽히 갖춰져 있었어. 시스템을 발동시키는 건 시야가 엄마를 부르고 그에 맞는 암호를 말하면 돼.

"다른 이유도 있어. 내가 아는 한 전 세계에서 가장 똑똑한 사람이 우리 엄마니까. 이왕이면 세계 최고로 똑똑한 사람인 엄마가 날 지켜주고 있다고 생각하면 마음이 좀 놓이잖아."

태오는 조금 질투가 났어. 시야의 말을 듣고 보니 시야가 모기왕을 자기 엄마 다음으로 똑똑하다고 인정한 거잖아. 엄청난 칭찬이지. 하긴, 모기왕에게 나쁜 마음을 버리고 친구가 되자며 두 번이나 설득했을 정도니까 더 말해 뭐 하겠어. 하지만 저런 악마 같은 꼬맹이와 친구가 되는 건 상상만 해도 무서워서 싫어. 게다가 시야가 자기가 아닌 다른 사람, 그것도 모기왕을 칭찬했다는 생각에 태오는 입술을 비죽 내밀었어.

하지만 태오가 알아채지 못한 게 있어. 세계에서 가장 똑똑한 엄마가 이제는 시야 곁에 없잖아. 그러니 시야의 몸은 시야 스스로 지켜야 해. 그래서 시야는 세계 최고로 똑똑한 사람이 되기로 마음을 먹었던 거야. 그래야만 엄마가 없어도 겁이 나지 않고 안심할 수 있으니까.

비록 혼자여도 세계 최고로 똑똑한 내가 나 스스로를 지켜주고 있으니까. 그래서 시야는 자신의 아이큐가 정확히 얼마인지는 전혀 중요하지 않았어. 그저 자신이 세계 최고로 똑똑한 사람이라고 인정받을 수 있는 구실이 필요했을 뿐이지.

"막상 방어용 인공지능에 엄마라는 이름을 붙이고 보니까, 이왕이면 진짜 엄마처럼 꾸몄으면 좋겠다는 생각이 들었어. 그래서 엄마의 음성을 입혔지. 인공지능 음성인식, 딥 러닝 등으로 아주 간단하게 엄마 목소리를 똑같이 구현할 수 있거든. 사실 VR로 엄마와 똑같은 행동을 하며 엄마와 똑같은 목소리로 말하는, 언제나 내 곁에 있으면서 누구로부터든 나를 지켜주는 시스템을 만들 수도 있었어. 싱크홀을 다시 열려 버리는 것에 비하면 이런 건 정말 아무것도 아닌 기술에 불과하니까."

왜인지 시야는 자기에 대해 꽤 많은 이야기를 했어. 연구실에 이렇게 대단한 수준의 방어용 인공지능 시스템이 있다는 것도 놀라웠지만, 인공지능에 엄마라는 이름을 붙인 게 사실 더 놀라웠지.

"그런데 아까 들리던 인공지능 목소리는 그냥 기계음에 불과하던데? 엄마 목소리가 아니라 흔하게 듣는 목소리였어."

"맞아. 내가 음성 데이터를 초기화시켰어. 기본값인 기계음으로 말이야."

"왜?"

태오의 '왜'라는 질문에 시야는 태오를 빤히 바라봤어. 이성으로 빛나는 푸른 눈 대신, 숲길에 서 있는 듯한 갈색 눈이 반짝였지. 갈색 눈동자는 호수에 잠긴 것처럼 눈물로 잠깐 일렁이는 것도 같았어.

"어느 순간, 인공지능의 목소리와 진짜 엄마 목소리를 구분하지 못하게 됐어. 인공지능에 기본값으로 입력했던 진짜 엄마 목소리가 아니라 기계로 만들어진 엄마 목소리가 나에게 더 친근하게 느껴지기 시작한 거야. 그 후론 연구실에 혼자 있을 때, 마치 엄마가 곁에서 보고 있는 것처럼 인공지능에 말을 걸곤 했어. 연구실 방어가 주목적인 전투형 인공지능이긴 해도, 일반 인공지능의 대화 기능은 충분히 학습돼 있었으니까. 어쩌면 진짜 엄마보다 인공지능 엄마와 더 많은 대화를 나눴을지도 몰라. 인공지능 엄마는 내가 부르면 늘 대답해 줬고, 내 곁에 늘 함께였으니까."

시야는 낮은 한숨을 토해냈어.

"지난 내 생일이었어. 인공지능 엄마는 생일을 축하해 줬지. 엄마 이름으로 주문한 케이크와 꽃도 시간 맞춰 배달됐어. 꽃바구니엔 엄마의 글씨체와 똑같은 글씨체로 출력된 생일 축하 카드까지 있었지. 마치 진짜 엄마가 돌아온 것만 같았어. 그래서 엄마가 정말로 돌아왔다고 생각했나 봐. 나도 모르게 이렇게 말했거든. '엄마, 나 한 번만 안아줘. 부탁이야.'라고."

넓디넓은 연구실에 무거운 침묵이 감돌았어.

"어땠을 것 같아? 아무 일도 일어나지 않았어. 아니, 인공지능 엄마는 이미 충분히 학습돼 있었으니까, 진짜 사람처럼 이렇게 말했지. '시야야, 엄마도 시야를 안아주고 싶은데 그럴 수 없다는 거 잘 알잖니. 엄마가 시야 많이 사랑해.'라고. 진짜 엄마나 인공지능 엄마나 나를 안아줄 수 없다는 건 똑같았어. 그제야 기억났지. 생일 케이크와 꽃 배달, 엄마 이름으로 엄마 글씨체로 출력된 저 생일 축하 카드, 모두 다 내가 준비한 거였어. 내 생일에 맞춰 배달되도록 내가 예약했던 거야. 올해도 혼자 보내기 싫어서, 꼭 진짜 엄마가 보내준 것처럼 기분이라도 내고 싶어서."

태오 앞에 서 있는 건 아이큐 300이 넘는 천재 소녀가 아니었어. 그저 엄마의 사랑과 관심이 필요한 아이일 뿐이었지.

"그럼, 네 생일에 인공지능 엄마를 초기화한 거야? 그냥 기계로 되돌린 거야?"

"응, 맞아. 나를 안아주지도 않는 엄마라면 엄마가 아닌 거니까."

살인 모기떼나 모기왕 앞에서도 눈 하나 깜짝하지 않던 시야였지만, 오히려 아무 일도 일어나지 않는 지금의 시야가 더 쓸쓸하게 흔들리는 것처럼 보였어. 어쩌면 이런 이유로 시야가 더 위험하고 예측하기 어려운 사건에 뛰어드는지도 모르겠어. 그런 시야를 보며 태오는 언제까지고 시야 곁에서 반드시 시야를 지키겠다고 생각했지. 다음에 또 어떤 위험이 시야에게 다가오더라도 말이야.

♦♦♦

눈이 엄청나게 퍼붓고 있어. 온 세상이 하얀색으로 뒤덮여 버렸지. 발자국 하나 찍히지 않은 눈더미에서 갑자기 손 하나가 눈을 뚫고 솟아올랐어. 뒤이어 양 갈래로 땋은 머리 하나가 쑥 올라왔지.

“이번엔 40미터가 아니라 400킬로미터쯤 날아왔나? 정말 멀리까지 보내 버렸네.”

저 멀리 불빛이 보였어. 목이 말라. 몸을 갉아 먹는 듯한 갈증이 밀려오고 있어. 바닥에 쌓인 눈을 한 움큼 쥐어 입에 넣어 보지만 이미 체온이 떨어질 대로 떨어져서 입안의 한 줌 눈조차 녹일 수가 없어.

물을 공급받지 못하면 몸 안의 수분이라도 끌어다 쓰게 될 거야. 인간의 몸 중 70%는 물로 채워져 있으니까, 최악의 상황이라면 몸의 물을 끌어 써서라도 살아남기 위해 몸부림을 칠 거야. 인간의 몸에 아직 완벽히 적응을 못 한 것인지 극도의 스트레스를 겪으면 기생한 몸의 물을 빨아들이게 돼.

암컷 모기는 알을 낳기 위해 인간의 피를 빠는데, 왜 피를 마시지도 않으면서 갈증이 생기고 끝내는 자신의 몸속 물까지 빨아들이게 되는지 대체 이유를 모르겠어. 꼭 수컷 모기 같잖아. 수컷 모기는 피가 아니라 식물의 수액을 마시거든.

“아!”

모기왕은 비로소 급격한 갈증을 느끼는 이유를 알게 되었어. 작은 흡혈귀처럼 인간의 피를 탐하는 암컷 모기떼가 자신을 따르는 이유도, 어린 남자아이와 어린 여자아이에게 기생했을 때 왜 오래 버티지 못하다가 이유 모를 갈증에 몸의 물을 빨아들인 후 미라가 되는지도 말이야.

저 멀리 스노모빌을 탄 소년이 모기왕의 눈에 들어왔지. 창고에서 얼어 죽을 뻔했던 남자, 시야의 곁에 꼭 붙어있던 남자와 비슷한 나이인 것 같아. 모기왕은 비로소 깨달았어. 애초에 모기왕은 어른에 가까운 수컷이었어. 그런데 어울리지도 않는 어린 남자아이와 여자아이의 몸에 기생했으니, 자신과 몸이 맞지 않았던 거야. 모기왕은 인간에게 기생하며 인공지능처럼 놀라울 정도로 방대한 데이터를 수집해 스스로 학습하며 진화했지만, 정작 자신에게 맞는 몸이 무엇인지는 전혀 생각하지 못했던 거야.

문득 아래를 내려다보니 어느새 양손이 쭈글쭈글하게 변했어. 수분이 빠져나갔기 때문이야. 모기왕은 스노모빌을 탄 소년의 몸을 뺏기로 결심했어. 새 몸이자 마지막 몸으로 인간 소년에게 기생해서 다시 세상으로 돌아가면, 이제는 살인 모기가 아니라 불의 심판으로 인간을 벌해야겠다고 생각했지. 그리고 그 소녀, 푸른 눈과 갈색 눈을 지닌 검은 머리의 소녀 시야를 자기 것으로 만들어야겠다는 욕심이 생겼어.

모기왕의 명석함을 알아보고 똑똑하다 칭찬한 데다 자신을 이렇게까지 애먹이는 존재이니 자기에게 어울리는 둘도 없는 암컷이라는 생각이 들었거든. 어차피 시야 옆에 있는 수컷은 시야 스스로 자기 짝이 아니라고 했으니 신경 쓸 것도 없어. 모기왕에게는 모기왕에게 어울리는 여왕이 필요해. 그게 바로 시야라는 확신이 들었지.

태오와 시야는 모기왕에게 일어난 변화를 꿈에도 생각 못 하고 있었어. 과연 다음에 찾아올 불의 심판에서도 태오는 시야를, 시야는 태오를 지킬 수 있을까? 모기왕이 내리는 불의 심판으로부터 인류를 구할 수 있을까?

눈발이 점점 더 굵어지고 있어. 스노모빌을 타고 집으로 향하던 소년은 저 앞에 쓰러진 작은 여자아이를 보고 깜짝 놀라서 멈춘 뒤 쓰러진 아이를 향해 뛰어갔어. 쓰러져 있던 아이는 먹이를 발견한 늑대처럼 갑자기 소년에게 달려들었지.

소년의 가족들은 소년이 돌아올 시간이 한참 지났는데도 돌아오지 않자 소년을 찾아 나섰어. 그들은 소년 대신 눈밭에 쓰러져있는 여자아이를 발견했지. 온몸이 꽁꽁 얼어붙고 탈수 증상이 심각해 보였지만 다행히 숨은 붙어있었어. 하지만 그들이 찾던 소년은 어디에도 보이지 않았지.

소년이 탔던 스노모빌 자국은 조금의 망설임도 없이 저 멀리 대도시로 향하고 있었어. 그곳은 눈과 얼음 대신 푸른 나무가 빽빽한 숲이 끝없이 이어지는 아름다운 곳이야. 곧 모기왕이 내린 불의 심판으로 모조리 불타 없어지겠지만.

2권에서 이어집니다.

해결사 Q와 함께 우리는 끝내 답을 찾을 거예요!

책과 환경은 참 닮았어요. '독서는 마음의 양식이다'라는 말 혹시 들어본 적 있나요? 부모님이나 선생님께서 '책을 많이 읽어야 한다'고 말씀하신 적도 한 번쯤 있을 거예요. '환경을 보호하자', '하나뿐인 지구를 지키자!'는 말 역시 들어봤을 거예요. 그런데 말이에요, 책을 안 읽고 환경을 안 지켜도 당장 나에게 무슨 일이 생기는 건 아니에요.

만약 친구와의 약속을 안 지키거나 부모님께 거짓말을 하면 결국 친구와의 관계가 틀어지거나 부모님께 들켜서 혼이 나는데, 책을 안 읽는다고 해서 당장 무슨 일이 생기는 건 아니잖아요? 환경을 보호하고 지키는 일 역시 마찬가지예요.

게다가 조금 억울한 기분도 드는 게, 나 혼자만 책을 안 읽는 것도 아니고 나 혼자만 환경을 함부로 대하는 게 아니잖아요? 어딘가에 나 말고도 책도 안 읽고 환경 따위 아무렇게나 되든 말든 신경 안 쓰는 친구도 분명히 있을 테니까요. 어른 중에서도 책 읽는 걸 싫어하는 어른이 있고, 환경이 나랑 무슨 상관이냐고 되묻는 어른도 분명히 있을 거예요. 그렇다면 나에게 당장 아무 영향도, 아무런 피해도 끼치지 않으니 책을 읽고 환경을 보호하는 건 쓸데없는 일일까요?

책을 읽고 환경을 보호하는 건 다른 누구를 위해서가 아닌 나를 위한 일이에요. 책을 읽고 환경을 지키는 건 오늘의 나뿐만 아니라 미래의 나를 위해 저축하는 것과 똑같아요. 하루에 오백 원씩 매일 저축해서 일주일, 이주일이 지난다 해도 당장 큰돈이 모이진 않아요. 하지만 일 년이 지나고 십 년이 지나며 모인 돈에 이자까지 붙는다면 나도 모르는 새 큰돈이 되어 돌아오게 되어 있어요.

독서와 환경보호는 저축뿐만 아니라 눈사람을 만드는 것과도 같아요. 펑펑 눈이 내리는 날, 주먹만 한 크기로 눈을 뭉치는 건 생각보다 쉽지 않을 거예요. 하지만 어느 정도 모양이 갖춰지고 데굴데굴 굴리다 보면 어느새 몸집만 한 눈덩이가 되고 커다란 눈사람이 되잖아요?

보슬보슬 내리는 눈은 따뜻한 손바닥 위에서 금세 녹아 없어질 정도로 약한 존재지만, 꾹꾹 누르고 굴리면 혼자서는 들 수 없을 정도로 무거워지고 단단해지잖아요? 독서와 환경보호도 보슬보슬 내리는 눈처럼 시작은 작고 연약하기 마련이에요. 하지만 모이고 쌓이며 함께하다 보면 그 누구도 함부로 어찌할 수 없는 삶의 지혜이자 안락한 품이 되어 주기 마련이에요.

어느 누군가 『해결사 Q』에 등장하는 주인공 시아는 왜 A부터 Z까지 있는 알파벳 중에 Q를 골랐냐고 묻더라고요. Q는 퀘스천(Question)의 첫 글자를 딴 거예요. 퀘스천은 질문, 문제라는 뜻이죠. 사랑하는 엄마가 아빠와 자신을 두고 어디론가 사라지고, 엄마를 찾아오겠다며 아빠마저 떠나 버린 사실이 어린 시야에게는 세상에서 가장 중요한 질문이자 커다란 문제였을 거예요. '왜? 엄마는 왜 날 떠나야만 했지?'라고 시야는 백 번도, 천 번도 넘게 물었을 테니까요.

누군가 "책을 왜 읽어야 해?", "환경을 왜 보호해야 해?"라고 물을 수 있듯, 시야에게는 갑작스러운 엄마의 부재가 커다란 문제이자 풀 수 없는 질문이었을 거예요.

『해결사 Q』 시리즈는 커다란 질문과 문제, Q를 품고 가는 연속되는 이야기예요. 나에게 당장 피해가 오는 것도 아니지만 반드시 해야 하는 일, 책을 읽거나 환경을 지키는 일, 사랑하는 사람을 지키는 일, 나에게 주어진 질문과 삶의 문제에 대해 답을 찾아가는 과정이라고도 볼 수 있겠네요.

시야 역시 해결사 Q로서 이야기 내내 인간을 해치려는 모기왕과 싸우면서 엄마 아빠를 찾아, 왜 엄마가 시야 곁을 떠날 수밖에 없었는지 답을 찾아갈 거예요. 물론 그 과정이 쉽지는 않을 거예요.

우리가 만난 첫 번째 이야기는 지구 온난화로 인해 빙하가 녹으면서 생겨난 거대한 싱크홀과 살인 모기의 습격에 대한 이야기였어요. 모기왕을 멀리멀리 보내 버리고 겨우 한시름 놨다 싶었는데, 모기왕은 세상 모든 숲을 태워버리기 위해 산불을 일으킬 계획이라지 뭐예요?

더구나 모기왕은 시야의 오랜 소꿉친구인 태오를 제치고 시야의 마음을 훔치려고 해요. 꼬마의 몸에서 빠져나와 태오와 비슷한 나이 소년의 몸을 빼앗았는데, 시야와 태오는 이런 일이 벌어진 걸 꿈에도 모르고 있어요. 모기왕이 바로 눈앞에 나타나서 시야에게 말을 걸어도, 단순히 시야에게 호감을 보이는 멋진 소년으로밖에 안 보이겠죠.

조금은 먼 길이 될지 모르겠지만 답을 찾아가는 시야의 힘든 싸움을 곁에서 함께 지켜보며 응원해 줬으면 좋겠어요. 보슬보슬 내리는 눈은 금세 녹아 없어질 정도로 약한 존재이지만, 우리가 함께 뜻을 모으면 세상 그 어떤 문제를 맞닥뜨리든 결국 답을 찾고 말 거니까요. 해결사 Q와 우리는 끝내 답을 찾고 함께 웃을 거라 믿어요. 늘 그랬듯이, 늘 잘해왔듯이 말이에요.

2024년 11월,

이상혁

해결사Q

❶ 살인 모기의 습격

초판 1쇄 발행 | 2024년 11월 29일

펴낸이 | 정상희
펴낸곳 | 프롬아이
지은이 | 이상혁 **그린이** | 코끼리씨
편집 | 한지윤 **디자인** | 육일구디자인 **마케팅** | 임정진

등록 | 제 406-2019-000050호
주소 | 10881 경기도 파주시 문발로 140, 502호
전화 | (031) 944-2075 **팩스** | (050) 7088-1075
전자우편 | jsh314@our-desig.com
제품명 | 어린이용 도서
제조국명 | 대한민국 **사용연령** | 만 3세 이상

ISBN | 979-11-88801-32-9 (74800) **[세트]** 979-11-88801-22-0 (74800)

* 이 책에 실린 글과 그림은 무단 전재 및 무단 복제할 수 없습니다.
* 잘못된 책은 구입하신 서점에서 바꾸어 드립니다.
* 도약부문 선정작 : 이 도서는 2024년 문화체육관광부의 '중소출판사 도약부문 제작 지원' 사업의 지원을 받아 제작되었습니다.